Wandlungen

**Eine Anthologie
der Autoren von autorenpool.info**

AF210681

Herausgeber: Heiner Hemken
Buchsatz und Layout: Amalia N. Koslowski
Cover-Layout: www.satzstudio-roth.de
Herstellung und Verlag: Books on Demand, Norderstedt
ISBN-13: 9783837003536

Internet: www.autorenpool.info
E-Mail: kontakt@autorenpool.info

Die Deutsche Bibliothek verzeichnet diese Publikation in
der Deutschen Nationalbibliographie; detaillierte biblio-
graphische Daten sind im Internet über http://dnb.ddb.de
abrufbar.

Inhalt

Davids Bolero

Mein Blick fällt auf den ansehnlichen Rücken meines Neffen David. Sein blondes Haar steht wie immer in die Höhe und bildet mit dem längeren Nackenhaar einen schönen Kontrast. Er bringt den Klavierstuhl auf die richtige Höhe, setzt sich, hebt die Arme und breitet sie aus. Er bewegt seine Schultern nach vorn, nach hinten, kreist mit den Armen und schnalzt spielerisch mit den Fingern. Seine Hände nähern sich dem Instrument aus hellem Holz. Er beginnt, die Tasten aus Elfenbein und Ebenholz zu bearbeiten.

Zum Aufwärmen schlägt er wie ein Besessener auf die Klaviatur und rattert den Flohwalzer herunter. In einem Tempo und Lautstärke, dass wir uns am liebsten die Ohren zuhalten würden. Er dreht sich um, grinst jungenhaft und fragt: „Noch einmal oder lieber weiter im Programm?"

„Weiter, bitte weiter." Theatralisch hebt er die Arme, knetet seine Hände, presst sie zum Spitzdach gegeneinander und legt sie endlich sanft auf die Tasten.

Er beginnt zu spielen. Seine Finger gleiten zärtlich über die Tastatur. Die Mondscheinsonate und das Albumblatt für Elise erklingen. Er streichelt das C, D, E, F, G, A, H aus hellem und Cis/Des, Dis/Es, Fis/Ges, Gis/As, Ais/B aus dunklem Holz. Es scheint einen Moment, als ob die Handinnenfläche den Rücken der anderen Hand umarmen wolle. Irgendetwas an seinem Spiel ist heute anders, faszinierender, gefühlvoller. Kurze Pause.

Dann kündigt er an: „Mein neuestes Stück!" Es beginnt leise.

Fast unhörbar schmeicheln seine Finger das Piano. Gänsehaut überzieht meine Arme, breitet sich über den Nacken bis in die Haarwurzeln aus. Ich sehe verschneite Berge, die Flüsse Miljacka und Bosna, Kirchen, Moscheen und Synagogen. Ich könnte in Jerusalem sein. Ich stehe auf und beginne zu tanzen. Leichtfüßig schwebe ich über eine weiße Fläche, drehe mich um die eigene Achse, werde von Männerarmen aufgefangen, in die Luft gehoben, spielend geworfen, drehe mich, lande auf einem Bein, erhebe mich auf die Spitze, hole den frei schwingenden Fuß mit der Hand über den Kopf, ziehe das Bein so weit wie möglich nach vorne und wirbele in einer Pirouette herum. Ich gebe mich dem Rhythmus hin. Ich werde Musik.

David tritt die Pedale, das der Boden schwingt und bebt. Die Hämmer schlagen auf die Saiten, steigern die Musik zu einem Fortissimo. Ich suche Halt, Schutz und Trost bei meinem Partner - stoße ihn von mir, tanze eine Weile für mich allein und verschmelze erneut mit ihm beim letzten Ton von Davids Bolero. Atemloser Stille folgt verdienter Applaus. Allmählich komme ich zu mir. David dreht sich um, erhebt sich zu seiner vollen Größe und blickt mich mit seinen blaugrauen Augen herausfordernd an. Plötzlich weiß ich, niemals wieder werde ich ihn auffordern müssen: „Deine Noten hast du gut gespielt, David, aber die Harmonie, das tiefe Gefühl, das fehlt noch. Hier, höre die Musik der Philharmoniker…" Mit diesem Bolero ist er angekommen.

Die Mutation des Katers Lord

Vor einigen Tagen ist gegenüber von mir ein junges Mädchen eingezogen. Sie ist wohl nur nachts aktiv, da bei Tage die Vorhänge immer zugezogen sind, und man keine Bewegung wahrnimmt. Anfangs hat mich das nicht sonderlich interessiert, und ich habe nur selten von meinem Zeichenbrett aufgeschaut. Aber irgendwie wurde dann doch meine Neugier geweckt. Man will ja schließlich wissen, wer so in der Nachbarschaft wohnt.

Auch Lord, mein Angorakater, wollte das ergründen. Vor ein paar Tagen sah ich ihn auf dem Geländer des Balkons balancierend hinüberschleichen. Unhörbar und vorsichtig sprang er herunter und versuchte, zwischen den Vorhängen der Balkontüre etwas zu erspähen. Man konnte sein leises Miauen hören. Er schlich den Balkon entlang. Aber scheinbar war nichts Interessantes zu beobachten, und so kam er wieder zurück. Er nahm zu meinen Füßen Platz und rollte sich ein. Ich konnte ein unwilliges Schnurren hören, wie mir schien. Und er war angespannt. Das zeigte sein Schwanz ganz deutlich. Die Spitze blieb keinen Moment lang ruhig. Sie ging hin und her, und auch die Ohren waren dauernd in Bewegung.

Die Unruhe meines Katers steckte mich an. Zwischen den einzelnen Zeichnungen legte ich immer öfter den Bleistift fort und blickte hinüber zu dem leeren, einsamen Balkon.

Heute legte sich die Dämmerung schon früh über die Stadt. Es war Herbst, und die Tage wurden kürzer.

Da, eine Bewegung gegenüber. Ein nackter Arm erschien zwischen den Vorhängen, und die Balkontüre wurde einen Spalt breit geöffnet. Dieser nackte Arm erregte mich. Er war wie eine lockende, mich fordernde und zugleich in die Schranken weisende Geste. Ich stand auf und trat an die Balkontüre. Auch Lord hatte die Bewegung bemerkt und schoss augenblicklich zwischen meinen Füßen hindurch. Ich beobachtete ihn, wie er wieder über das Geländer balancierend auf leisen Pfoten den gegenüberliegenden Balkon erreichte und durch den Türspalt im Zimmer verschwand. Ja, so eine Katze hat eben andere Möglichkeiten wie wir.

Ich kehrte zu meinem Schreibtisch zurück, knipste die Lampe an und versuchte weiterzuarbeiten. Doch meine Gedanken waren bei Lord. Was machte er da drüben so lange? Normalerweise war er sehr scheu. Dieses ‚Hingezogensein' zu meinem Gegenüber wunderte mich. Inzwischen war es dunkel geworden, und meine Neugier wurde immer intensiver. Ich trat auf den Balkon hinaus und begann, meinen Kater zu rufen. Da öffnete sich die Türe ganz, und meine neue Nachbarin erschien. Auf dem Arm trug sie Lord, der sich an sie schmiegte und sich mit geschlossenen Augen von ihr kraulen ließ.

Sie trug ein langes, schwarzes Hauskleid, sehr weit und mit glitzernden Effekten ausgestattet, die bei jeder Bewegung kleine Lichtpunkte aussandten.

Ich bemerkte ihren tiefen Ausschnitt, gerahmt von Lords felligem Körper. Mein Kater genoss es sichtlich, mit ihrer nackten Haut in Berührung zu kommen.

Ihr Lächeln war geheimnisvoll und verhalten. Es schien durch die Dunkelheit zu mir herüberzuleuchten. Ihr langes Haar berührte ihre Schultern und umrahmte ihr blasses Gesicht mit dunklen, brennenden Augen. Sie neigte den Kopf etwas seitwärts und entließ Lord mit einer kurzen Bewegung auf den Boden.

Dort entdeckte ich eine weitere Katze, die neben ihren Beinen stand, und sich mit erhobenem Schwanz an ihnen rieb. Beide, Lord und diese fremde Katze, rieben nun ihre Köpfe aneinander, und eine seltsame Vertrautheit schien zwischen ihnen zu sein. Sie schnurrten und knurrten und wälzten sich schließlich auf dem Boden. Ich hob meine Hand und deutete einen Gruß an. Meine Nachbarin hob die linke Schulter und ihre kleine entzückende Hand. Inzwischen war Lord auf meinen Balkon zurückgekehrt und schmiegte sich an mein Bein. Es war eine Geste, mit der er um Entschuldigung bat für sein langes Ausbleiben. Wir gingen hinein. Der Abend verlief sehr ruhig. Ich las, und Lord saß an der Balkontüre und schaute unentwegt hinüber. Meine Nachbarin musste weggegangen sein, denn es brannte kein Licht, und keine Bewegung war auszumachen.

Die Nacht schritt voran, dunkel und spröde wie schwarzes Glas. Ich lag in meinem Bett und wälzte mich hin und her. Ich hatte den Eindruck, dass diese dunklen, brennenden Augen über mir wachten. Dieses geheimnisvolle Lächeln und die vollen Lippen kamen mir immer näher. Lord lag am Fußende meines Bettes. Ich hörte sein leises Schnurren, das mir seltsam verändert vorkam. Es war lauter, unruhiger. So, als würde er schlecht träumen. Ich sprang auf und öffnete die Balkontüre etwas weiter, um frische Luft hereinzulassen. Dann legte ich mich wieder auf mein Bett. Mit offenen Augen starrte ich an die Decke und sah vereinzelt Lichter von draußen sich am Plafond treffen und wieder verschwinden.

Allmählich spürte ich, wie sich endlich der Schlaf einstellte. Er kam wie ein Schatten über mich, senkte sich langsam herab. Ich schloss die Augen, und der Schatten legte sich warm und weich auf mich. Ich spürte den Hauch des tiefen Schlafes. Geheimnisvolle Wesen flüsterten mir unglaubliche Worte ins Ohr. Die Bettdecke wurde zu einem fordernden, drängenden Körper, mich umschlingend und umschließend. Ich spürte weiche, warme Lippen, die meinen Hals berührten, und dann einen stechenden Schmerz, als sich kräftige Zähne in meinen Hals bohrten. Doch ich empfand diesen Schmerz wie das Liebkosen mit roten Rosen voller Dornen. Es war ein unbeschreibliches Gefühl. Es hob mich empor. Ich schwebte zwischen Himmel und Erde, und ihr weißes Gesicht leuchtete über mir.

War es ein Traum? Ich öffnete meine Augen und versank in einem tiefschwarzen Augenpaar mit grünen Lichtern und einem furiosen Feuerwerk. Ihr federleichter Körper löste sich von meinem, hielt über mir Sekunden lang inne, um sich dann schwebend in Richtung der Balkontüre zu entfernen. Dort saß Lord mit funkelnden Augen. Sein Fell war gesträubt. Mein Angorakater hatte ein prächtiges Volumen. Seine

Augen zeigten ein eigenartiges Feuer, und seine spitzen Eckzähne waren deutlich zu sehen. Wir waren eine Einheit, spürten unsere totale Übereinstimmung. Schlagartig wurde mir klar, dass Lord und ich in eine andere Welt eingetreten waren. Eine Welt, die darauf wartete, von uns weiter erforscht und ausgelotet zu werden.

Dieser wunderbare Körper, der vor wenigen Minuten in mir aufgegangen war, schwebte wie selbstverständlich zum gegenüberliegenden Balkon und verschmolz mit der Dunkelheit des Raumes.

Wusstest du, dass Vampire Haustiere haben? Ich habe Lord, meinen Angorakater.

Eiszeit

Lisa schreckte aus dem Schlaf hoch. Hannes stand neben ihrem Bett.

„Was machst du hier?"

„Mir ist kalt."

Es hatte einen späten Wintereinbruch gegeben, Anfang April, draußen lag Schnee, und die Heizung war – wie jede Nacht – abgeschaltet.

„Was soll das, warum nimmst du keine Wärmflasche?" Lisa war ungehalten. Sie schaute auf den Wecker, es war gerade hell genug, die Uhrzeit zu erkennen: kurz nach fünf. Viel zu früh zum Aufstehen. Warum war sie so erschrocken, wer außer Hannes sollte schon hier sein? Na ja, es war schon eine Weile her, dass er in ihr Zimmer gekommen war. Eigentlich waren sie kein Paar mehr.

„Die ist ausgelaufen, das ganze Bett ist nass. Kann ich zu dir rein?" Hannes klapperte hörbar mit den Zähnen.

Lisa rückte an den Rand ihres Betts. „Aber benimm dich", brummte sie.

„Sicher. Mir ist nur kalt." Hannes legte sich neben Lisa ins Bett und zog die Decke, die er mitgebracht hatte, über sich. „Danke", sagte er. „Gute Nacht."

Lisa brummte ebenfalls ein „'Nacht" und drehte sich auf ihre Seite. Es war ihr nicht unangenehm, Hannes neben sich zu spüren, auch wenn von ihm jetzt eine gewisse störende Kälte ausging. An Kälte hatten sich beide leidlich gewöhnt. Lisa dachte an den baldigen Abschluss ihres dreijährigen Projekts. „Gesucht: Das

Einfamilienhaus mit dem geringsten Energieverbrauch. 1. Preis: zehntausend Euro." So hatte es damals in Sonne, Wasser, Wind, der Leib-und-Magen-Zeitschrift für alternative Häuslebauer verheißungsvoll gestanden. „Da machen wir mit!" hatte Hannes gesagt, und auch Lisa war sofort dafür: das war ihr Wettbewerb! Energiesparen war zu ihrer beider Leidenschaft geworden, seit sie sich vor zwei Jahren das kleine Haus am Rand des Schwarzwalddorfes zusammengespart hatten.

Sie hatten Dach und Wände gehörig isoliert, Türen und Fenster mit dreifachem Thermoglas versehen, eine Holzheizung mit Wärmespeicher, ausgeklügelter Energierückgewinnungstechnik und tausend sonstigen Raffinessen eingebaut und sich einen großen Warmwasserkollektor und ein Dutzend Photovoltaikpaneele aufs Dach gesetzt. Das alles hatte eine Stange Geld gekostet, da kam dieser Wettbewerb gerade recht. Die Zeitschrift hatte ein Punktesystem entwickelt, mit dessen Hilfe man unterschiedliche Hausgrößen, Brennstoffarten, Bewohnerzahlen, die Ungleichheit des Wetters und andere individuelle Eigenheiten miteinander verrechnen konnte, so dass eine Vergleichbarkeit gewährleistet war. Wer sich beteiligen wollte, musste sich damit einverstanden erklären, dass alle Strom-, Gas- und sonstigen Energieabrechnungen sowie entsprechende Einkaufsbelege während der Dauer des Wettbewerbs unangemeldet von der Redaktion überprüft werden durften. Darüber hinaus waren im ganzen Haus Kontrollinstrumente und Messsonden aller Art installiert worden.

Sonne, Wasser, Wind brachte in jeder Ausgabe Reportagen über den aktuellen Stand des Energieverbrauchs der Teilnehmer und berichtete detailliert über die neuesten Aktionen zur Reduzierung des Öl-, Gas-, Holz- oder Stromverbrauchs. Regelmäßig wurden Rankings veröffentlicht, welcher Haushalt an erster, zweiter, dritter Stelle lag.

Lisa und Hannes lagen von Anfang an gut im Rennen. Zusammen mit einem älteren Ehepaar vom Niederrhein und einer Familie aus dem Thüringer Wald bildeten sie bald eine uneinholbare Spitzengruppe, in der sie am Ende des ersten Winters sogar mit drei Punkten Vorsprung vor den Thüringern die Führung übernahmen. Die Situation beflügelte ihre Phantasie, und sie fanden immer neue Möglichkeiten zum Einsparen von Energie: Geduscht wurde nur noch kalt, das war ja auch gesund, es gab oft Kalte Platte am Abend und Kerzen waren doch viel romantischer als Glühlampen. Im zweiten Sommer meldete Hannes den Stromanschluss ab und montierte dafür ein weiteres Dutzend Solarzellenplatten aufs Dach, das nun südseitig gänzlich in silberdurchzogenem Blau glitzerte, unterbrochen nur durch die schwarzen Felder der Kollektoren.

Lisa war nicht überzeugt, ob die hauseigene Stromversorgung auch für sämtliche Bedürfnisse ausreichen würde. Sie fürchtete einen Ausfall der komplizierten Heizung mit ihren Pumpen und Steuergeräten, die allesamt auf Elektrizität angewiesen waren.

Hannes hingegen war absolut durchdrungen von den technischen Highlights seiner selbstentworfenen Anlage, tüftelte nächtelang an Wasserpumpen, Steuermodulen und Wechselrichtern herum und schien wie besessen von der Idee der autarken Energieversorgung. Als sich im zweiten Winter des Wettbewerbs eines Abends die Heizungssteuerung bei zwölf Grad unter Null mit einem leisen Knall verabschiedete, war dies ein ernster Prüfstein für ihre Beziehung. Hannes machte sich zwar sofort und ohne sich eine Pause zu gönnen an die Arbeit, und es gelang ihm schließlich, nach zwei durchfrorenen Tagen und Nächten die Anlage wieder in Gang zu setzen, eine gewisse Spannung zwischen ihm und Lisa aber blieb zurück.

Eine herbe Enttäuschung bedeutete es für Lisa und Hannes, als sie gegen Ende des zweiten Winters Sonne, Wasser, Wind entnahmen, dass sie auf den dritten Platz zurückgefallen waren, von dem sie beinahe noch von einer Familie aus dem Chiemgau verdrängt worden wären, die sich eine Turbine in den kleinen Wasserfall hinter ihrem Haus eingebaut hatte. Zwar war in der Ausgabe ein hübsches Foto von ihrem Häuschen mit den funkelnden Solarzellen abgedruckt, aber sowohl das Ehepaar vom Niederrhein als auch die Thüringer Familie hatten sich einen klaren Punktevorsprung vor ihnen erkämpft. Da man bei den Thüringern kein Geld für Photovoltaik hatte, waren die Elektrogeräte auf Hand- beziehungsweise Fußbetrieb umgestellt worden: Das Bild zeigte einen fröhlich strampelnden Vater auf einem Hometrainer, den er zu einem Generator umgebaut hatte.

Davor kurbelte die kleine Tochter an einem dynamo-betriebenen Radio und die Mutter winkte aus dem Hintergrund mit einer handbetätigten Taschenlampe.

Richtig alarmierend aber wirkte auf sie das Bild des Ehepaars vom Niederrhein. Die beiden strahlten zufrieden aus ihrem Sofa inmitten eines gut bürgerlich eingerichteten Wohnzimmers. Der Mann trug eine Pelzmütze nach russischer Art, dazu einen Mantel mit Fellkragen und einen Wollschal. Die Hände steckten in Fäustlingen und die Füße in Moonboots, wie sie vor dreißig Jahren Mode gewesen waren. Seine Frau, die sich bei ihm eingehakt hatte, war in eine Kombination aus Anorak und Skihose gekleidet, und ihre blonden Haare lugten unter einer Strickmütze hervor. Auch sie trug Schal und Handschuhe.

Lisa lag wach. Im Zimmer war es kalt, natürlich, und die ungewohnte Gesellschaft in ihrem Bett ließ sie nicht einschlafen. Hannes bewegte sich nicht. Was sollte aus ihrer Beziehung werden? Wenn es dieses blöde Projekt nicht gäbe, wäre sie wahrscheinlich schon ausgezogen, aber sie wollte Hannes jetzt, kurz vor dem Ende, nicht im Stich lassen. Das Ganze war ja zu Anfang durchaus attraktiv und auch irgendwie richtig gewesen, aber dann hatte sich alles immer mehr zu Hannes' persönlichem Abenteuerspiel entwickelt. Seine Technikbesessenheit, die sie zuerst faszinierend, später eher fragwürdig und schließlich nur noch kindisch gefunden hatte, stand jetzt zwischen ihnen.

Als im Herbst innerhalb einer Woche ein Blitz die Steuerung der Solaranlage zerstört, ein Marder das Kabel zu den Speicherbatterien zernagt und ein Ganove zwei Solarplatten vom Dach abmontiert hatte, wollte Lisa aufgeben. Nicht so Hannes. Für ihn schienen diese Vorfälle offenbar erst recht ein Ansporn zu sein. Sein wilder Ehrgeiz hatte Lisa entsetzt und sie hatte sich innerlich von dem – wie sie jetzt fand – hirnverbrannten Projekt zurückgezogen. Auch von Hannes. Sie dachte daran, wie sie von diesem absurden Foto des niederrheinischen Paars gleichermaßen fasziniert wie abgestoßen gewesen war. Aber weder sie noch Hannes hatten damals einen längeren Kommentar abgegeben, so als ob sie sich beide nicht sicher gewesen wären, wie der andere reagieren würde.

In drei Monaten würde der Sieger feststehen. Lisa fröstelte. Konnte sie wirklich Hannes allein die Schuld für den gegenwärtigen Zustand ihrer Beziehung geben? Sie hatte Lust auf eine Tasse Tee und setzte sich auf.

„Lisa?" Hannes war aufgewacht. Falls er überhaupt geschlafen hatte. Seine Stimme hatte nichts Erschreckendes mehr.

„Ich mach mir einen Tee. Wenn's nicht zuviel Energie verbraucht." Auf Hannes' leises Lachen als Antwort war sie nicht vorbereitet.

„Hast du schon die neue Sonne, Wasser, Wind gelesen?" fragte er.

„Nein, warum?"

„Den Preis können wir vergessen." Hannes'

aufgeräumte Stimmung verwirrte Lisa.

„Was heißt das?"

„Das heißt, dass die Niederrheinischen fünfzig Extrapunkte gekriegt haben, weil sie jetzt viel mehr Energie erzeugen als sie verbrauchen. Sie haben sich ein Windrad in den Garten gestellt und liefern Strom ans E-Werk. Am Niederrhein weht viel Wind."

„Ach." Lisa wusste nicht, was sie erwidern sollte.

„Dann muss halt der zweite Preis reichen", sagte sie.

„Die Thüringer bauen gerade etwas Ähnliches. Sie graben ein Loch für eine gigantische Wärmepumpe, den Strom liefert das Fahrrad. Und im Chiemgau hat man sich eine zehnmal so große Turbine zugelegt, die Strom fürs halbe Dorf liefert. Wir haben nur noch die Möglichkeit, sie alle mit irgendeiner Wahnsinnsidee zu übertrumpfen oder ..." Hannes beendete den Satz nicht und schaute Lisa an.

„... oder das Projekt grandios scheitern zu lassen", sagte Lisa.

„Es scheitert doch überhaupt nicht", sagte Hannes, „wir haben schließlich das Häuschen mit dem ganzen Schnickschnack und das ist doch auch was. Ich meine, wir könnten einfach etwas unverkrampfter sein. Dann gewinnen eben die anderen."

„Aber war es nicht ein Lebenstraum von dir, diesen Preis zu gewinnen?" Lisa rückte etwas näher an ihn heran.

„Schon, na ja." Hannes seufzte. „Zuletzt hab ich aber nur noch wegen dir durchgehalten. Eigentlich wollte ich schon bei dem Marder alles hinschmeißen. Ist doch verrückt, so einen kranken Ehrgeiz hinzulegen, oder?"

Lisa schaute ihn einen Moment groß an, dann prusteten sie beide los.

„Komm unter meine Decke", sagte Lisa, „da können wir vielleicht etwas Energie zurückgewinnen."

Arachne, die Spinne

Es ist noch früh am Morgen. Die Sonne muss gerade aufgegangen sein, denn ein Sonnenstrahl tritt leicht durch das staubige Fenster meines Hauses. Ich hatte mich am Abend zum Schlafen in eine Ecke verkrochen, versteckt vor den neugierigen Blicken der Menschen. Die Nacht war mühselig, zu viele Gedanken raubten mir den Schlaf. Müde strecke ich mich, immer darauf bedacht nicht eines meiner ungewohnt vielen Beine zu vergessen. In meiner Speisekammer finde ich eine Kleinigkeit zum Frühstück. Noch immer ekle ich mich davor, doch ich würge es herunter, spüre wie es mir kalt darüber läuft, wo früher einmal mein Nacken war.

Dann mache ich mich an mein Tagwerk: Weben. Früher einmal habe ich es geliebt. Die schönsten Wandteppiche in ganz Lydien webte ich. Heute hasse ich es. Den ganzen Tag triste graue Netze weben und viel Zeit haben, um darüber nachzudenken, was aus mir wurde: Arachne, die Spinne.

Ich weiß nicht mehr, wann ich es zum ersten Mal hörte, doch man sagte mir oft, ich wäre von so überwältigender Schönheit, dass nur Aphrodite selbst mich übertreffen würde. Aber Schönheit kommt nicht von selbst. Sicher, meine Mutter war auch hübsch anzusehen und Vaters Gesichtszüge waren ebenfalls recht angenehm. Doch für wahre Schönheit muss man einiges tun. Mein seidig-schwarzes Haar brachte ich jeden Morgen mit zweihundert Bürstenstrichen zum Glänzen. Viele Stunden musste ich üben, um meine rehbraunen Augen besser zur Geltung zu bringen, indem ich sie stets weit geöffnet hielt. Und auch die gerade Haltung verlieh mir Anmut und Schönheit.

Ich stammte aus einer einfachen Familie. Mein Vater war ein Kaufmann irgendwo im Nirgendwo Lydiens. Die Leute kannten ihn, doch kamen sie nur zu ihm, wenn sie Öl oder Wein benötigten. Mein Name jedoch war im ganzen Land bekannt. Jeden Mann hätte ich heiraten können, doch warum sollte ich mich freiwillig einem Mann unterordnen, zumal ich doch für mich selbst sorgen konnte. Denn nicht nur meine Schönheit war weithin berühmt, auch meine Webkunst fand in ganz Lydien nicht ihresgleichen. Selbst die drei Nymphen des nahe gelegenen Flusses kamen oft zu mir, um meine Künste zu bewundern. Meine Mutter mahnte mich oft zur Bescheidenheit.

„Die Götter lieben keine Überheblichkeit. Sie strafen die, die nicht die angemessene Demut zeigen", pflegte sie oft zu sagen. Doch warum sollte ich verstecken, was ich war und konnte?

Eines Tages waren die Nymphen wieder zu Gast und sahen mir bei der Erstellung eines außergewöhnlichen Wandteppichs zu. Voll Bewunderung sagte eine:

„Deine Webkunst ist so groß, als wäre Pallas Athene, die Göttin aller Künste, selbst deine Lehrmeisterin gewesen."

Ich wurde zornig angesichts dieser Beleidigung. Wie konnte sie es wagen so zu reden, als wäre meine Kunst das Werk irgendeiner Göttin und nicht mein eigener Verdienst. Wie viele Stunden hatte ich mit blutigen

Fingern am Webstuhl verbracht und gelernt, wie man aus einer Reihe bunter Fäden ein Kunstwerk entstehen ließ. Kein Gott und keine Göttin hatten mir dabei zur Seite gestanden! Doch nun wollten sie meine Verdienste als ihre eigenen auslegen.

„Athene meine Lehrmeisterin? Sie könnte noch einiges von mir lernen!", entgegnete ich erbost. Die Nymphen erschraken bei diesen Worten.

„Sag so etwas nicht. Schnell, du musst zurücknehmen, was du so unüberlegt daher geredet hast", jammerten sie.

„Unüberlegt daher geredet? Ich sage euch, soll sie sich doch in einem Wettstreit mit mir messen, wenn sie sich traut. Dann werden wir sehen, wer die bessere Weberin ist", entgegnete ich.

Die drei Nymphen rannten aus meinem Haus, als wäre Cerberus, der Höllenhund, selbst hinter ihnen her. Ich aber konnte über ihre Feigheit nur lachen.

Einige Zeit später klopfte es an meiner Tür und eine alte, gebeugte Frau stand davor. Ich bat sie herein, bot ihr etwas Wein und einen Platz an und setzte mich wieder an meinen Webstuhl. Während ich arbeitete begann die Alte zu erzählen, von Menschen, denen sie auf ihren langen Wanderungen durch das Land begegnet war.

Sie erzählte von einfachen, bescheidenen Menschen, die glücklich in ihren Hütten lebten und von hochmütigen, die unter der Strafe der Götter litten. Die blauen Augen der Alten leuchteten dabei auffällig jung und lebendig in dem runzeligen Gesicht. Die Alte schloss ihre Erzählung mit den Worten: „Denn Kind, mag deine Kunstfertigkeit auch noch so groß sein, niemals darfst du es an Demut und Respekt gegenüber den Göttern fehlen lassen!" Ich aber lachte die Alte aus:

„Was haben denn die Götter schon für uns getan? Erreichen wir Menschen Gutes, so betrachten sie es als ihr Werk, sind wir Menschen schlecht, so ist es allein unsere Schuld. Nein, ich schulde den Göttern nichts, denn alles was ich kann und bin verdanke ich mir selbst. Die Götter sind doch nur auf sich selbst bedacht. Selbst Athene ist zu feige, sich mit mir zu messen, da sie fürchtet zu verlieren."

Kaum hatte ich die Worte gesprochen, gab es einen ohrenbetäubenden Knall. Die Alte war verschwunden und vor mir stand Pallas Athene selbst. Die jungen blauen Augen waren noch immer auf mich gerichtet, das rote Haar umfloss sie wie ein Flammenmeer. Ich gebe zu, sie sah tatsächlich beeindruckend aus. Mit einer Güte, mit der Erwachsene ein Kind oder eine Schwachsinnige behandeln, sagte sie:

„Du siehst, ich bin hier. Willst du dich immer noch mit mir messen?"

„Das will ich. Bin ich besser als du, musst du es vor allen anerkennen. Bist du besser, so will ich jede Strafe auf mich nehmen."

Athene antwortete: „So sei es", und schon stand ein zweiter Webstuhl in meiner Kammer. Der Wettstreit begann, die Schiffchen flogen geradezu durch die bunten Fäden und auf beiden Webstühlen entstanden Wandteppiche, wie es sie in der ganzen Welt kein zweites Mal gab. Athene wob ein Bild ihrer göttlichen

Familie. Zeus als alles beherrschendes Oberhaupt an der Tafel des Olymps, umgeben von seiner Frau Hera und seinen Kindern. Iris schenkte den Göttern ein und Athene selbst war majestätisch geschmückt mit dem Wunderschild Aigis. In eine Ecke webte sie Bilder von den Menschen, die von den Göttern für ihre Untaten bestraft wurden. Es war in der Tat ein unleugbar schöner Teppich, wenn er auch die Götter in einer Pracht und Herrlichkeit zeigte, die wohl eher Athenes Wunschdenken entsprach.

Ich aber zeigte die Götter, wie sie wirklich sind. Mit all ihren menschlichen Schwächen, denn was sind die Götter denn anderes, als altersschwache Erscheinungen, die nur vorgeben, in allem besser und schöner zu sein und jeden bestrafen, der anderes von ihnen hält? Nicht durch Überzeugung erlangen sie Respekt, sondern durch Angst vor Strafen.

Athene musste zugeben, dass meine Webkunst ihrer ebenbürtig war. Doch meinte sie, zur Kunst gehören ebenso Demut und Bescheidenheit, an denen es mir mangele. Dadurch wäre meine Kunst nichts wert. In ihrer Wut über den ihr vorgehaltenen Spiegel verhängte sie die Strafe, die mich für alle Zeit zum Weben verurteilt.

Die Menschen verachten mich und ekeln sich vor mir. Doch ich bin auch heute noch wichtig für sie. Denn in meinen kunstvollen Netzen fange ich die Fliegen, wie ich früher die Menschen gefangen habe in meinem Netz aus Schönheit, Charme und Kunstfertigkeit.

Noch verachten sie mich, doch eines Tages werden

sie wissen, was ich wirklich für sie bedeute. Werden die Schönheit und den Nutzen meiner Netze sehen und mich verehren als

Arachne, die Meisterin.

Der Täufling

Pfarrer Schuldner hatte nicht nur einen ungewöhnlichen Namen. Sein massiger Körper, eine platte Nase und unübersehbare Narben in seinem Gesicht ließen unwillkürlich den Gedanken an einen Profiboxer aufkommen. Mit den Jahren hatte sich seine Gemeinde daran gewöhnt. Einige munkelten zwar, Pfarrer Schuldner sei tatsächlich in seiner Jugend ein talentierter Boxer gewesen. Genaueres aber wusste niemand. Seine Vergangenheit lag im Dunkel. Auch sprach eine zusätzliche Körperbehinderung gegen all diese Gerüchte. Pfarrer Schuldner humpelte, vielleicht trug er sogar eine Beinprothese. Aber er sprach nicht darüber.

Bei seiner Amtseinführung hatte er die Gemeinde gebeten, nicht im Dunkel seiner Vergangenheit zu stochern. Die meisten hielten sich daran. Nur soviel hatte er selbst offenbart: Er sei spät zum Glauben gekommen und habe dann erst die Predigerausbildung begonnen. Seine Taufe als Erwachsener bedeute für ihn den Neubeginn seines Lebens. Das Vergangene möge ruhen, es sei alles neu geworden. Dagegen war nichts einzuwenden.

Der Buß- und Bettag kam heran und mit ihm vierzehn Gläubige, die sich in diesem Jahr zur Taufe angemeldet hatten. In Pfarrer Schuldners Gemeinde geschah dies durch vollständiges Untertauchen im gemauerten Taufbecken neben dem Altar. Dieser ernste Feiertag war immer ein Höhepunkt des Gemeindelebens.

Die Täuflinge bereiteten sich gründlich vor. Jeder führte ein ausführliches Gespräch mit Pfarrer Schuldner und machte dabei ‚reinen Tisch', wie sich die meisten ausdrückten. Nur bei Fritz, diesem verschlossenen Mann in den besten Jahren, blieb für Pfarrer Schuldner ein Rest von Unbehagen. Zweimal hatte er Fritz gebeten, alles auf den Tisch zu legen, was ihn hindern könnte, als neuer Mensch aus dem reinigenden Wasser des Taufbeckens wieder aufzutauchen.

Aber Fritz sah ihn nur flüchtig an und schwieg, wie es so seine Art war. Mehr konnte Pfarrer Schuldner nicht für ihn tun. Bei der Verabschiedung drehte sich Fritz noch einmal um und bat leise, als Letzter getauft zu werden, wenn es sich machen ließe. Diesen Wunsch wollte Pfarrer Schuldner ihm erfüllen.

Mit heftigem Herzklopfen und zitternden Händen traten die Täuflinge ans Rednerpult und sprachen aus, was sie der Gemeinde mitteilen wollten. Es waren bewegende, teilweise dramatische Lebensgeschichten, die da bekannt wurden. Dann erst stieg der Täufling die Stufen hinab ins Taufbecken, in dem Pfarrer Schuldner ihn im Wasser erwartete. Die Taufe selber war ein kurzes Untertauchen von wenigen Sekunden. Mit feuchten, aber immer leuchtenden Augen stiegen die Täuflinge wieder aus dem Wasser.

Alle Anwesenden waren emotional so angerührt, dass keiner Fritz beachtete. Der saß die ganze Zeit über wie versteinert in seiner Bank. Hin und wieder zuckten seine Mundwinkel, aber niemand hätte sagen können, welche Gedanken ihm durch den Kopf gingen.

Erst als Pfarrer Schuldner ihn aufrief: „Bitte, Fritz!", zuckte er zusammen, erhob sich schwerfällig und ging nach vorn. Alle Augen richteten sich auf ihn. Jetzt stand er im Mittelpunkt. Hinter dem Rednerpult senkte er den Blick und verharrte eine ganze Weile schweigend. Eine beklemmende Situation. Es konnte einem der Gedanke kommen, Fritz würde wieder umkehren und stumm hinausgehen. Aber er blieb!

Endlich kamen die ersten Worte über seine Lippen, kaum hörbar für die entfernt Sitzenden: „Ich habe … noch nicht alles gesagt. Aber jetzt muss es hinaus. Es ist so eng in meiner Brust … Vor zwölf Jahren habe ich einen Menschen überfahren. Es war stockdunkel, und ich bin viel zu schnell gefahren. Ich weiß nicht, was aus ihm geworden ist. Ich habe nicht angehalten … Ich hatte Angst, aber das ist keine Entschuldigung. Später war ich zu feige, mich zu melden. Ich wollte nicht bestraft werden. Was ich in den letzten Jahren durchgemacht habe, kann man nicht beschreiben. Ich möchte endlich zur Ruhe kommen und bitte den Herrn, mir meine Schuld zu vergeben. Deshalb bin ich hier und bitte euch, mich als neuen Menschen in eure Gemeinschaft wieder aufzunehmen. Mit meiner Schuld war ich zu lange allein. Ich bitte um Vergebung!"

Fritz senkte seinen Blick und horchte in den Saal hinein. Nun richteten sich alle Augen auf Pfarrer Schuldner, der bis zur Hüfte im Wasser des Tauf-beckens stand. Niemand hätte mit ihm tauschen wollen. Auch er schien aufs Äußerste bewegt.

Stockend kamen die ersten Worte über seine Lippen: „Fritz, ich bitte dich, zu mir zu kommen!" Geduldig wartete er mit einladender Geste. Fritz bewegte sich nur langsam und stieg unsicher hinab. Pfarrer Schuldner empfing ihn mit offenen Armen. Eine kleine Ewigkeit verharrten beide Männer in fester Umarmung. Als sie sich voneinander lösten, behielt Pfarrer Schuldner Fritz rechte Hand in der seinen und schaute ihm lange in die flackernden Augen.

„Fritz, auch ich muss etwas loswerden, bevor ich dich taufe. Es spricht alles dafür, dass ich es war, den du damals erwischt hast. Ich habe diesem Autofahrer ein Leben lang Rache geschworen, denn er hat mein junges Leben zerstört. Ich bin an meinen Rachegedanken zerbrochen. Durch eine glückliche Fügung habe ich Jesus Christus kennen gelernt, der noch so viel mehr gelitten hat als ich. Und ich habe begriffen, dass er auch für mich gestorben ist… und für dich, Fritz, damit wir ohne Schuld weiterleben können. Ganz gleich, was vorher gewesen ist. Ich habe mich für ein Leben mit ihm entschieden, aber…" Pfarrer Schuldners Stimme wurde brüchig, und es fiel ihm schwer weiterzusprechen: „Ich bin in all den Jahren als Pfarrer meine Rachegedanken nicht losgeworden. Ich bin nicht rein! Alle paar Wochen träume ich davon, diesen Autofahrer, der mir mein Leben zerstörte, mit meinen eigenen Händen in diesem Taufbecken zu ertränken. Es gab Zeiten, in denen ich dazu im Stande gewesen wäre. Nein, Fritz, du brauchst keine Angst mehr zu haben. Ich bin sicher, dass dich unser Herr gerade zu mir geschickt hat. Die

Wege des Herrn sind wunderbar! Ich habe eine Bitte: Fritz, erlaube mir, mit dir gemeinsam untertauchen zu dürfen. Ich wünsche mir, dass wir beide als neue Menschen wieder auftauchen, die einander liebevoll in die Augen sehen können. Das ist mein Wunsch an dich. Ich bitte dich darum, Fritz! Die Gnade des Herrn ist unerschöpflich … Amen."

„Amen", flüsterte Fritz und tauchte mit Pfarrer Schuldner unter.

Der Zopf

D er zehnjährige Hu hockte am Bett seines kranken Großvaters und betrachtete aufmerksam das blasse Gesicht.

„Du, Opa?" Der Angesprochene öffnete die Augen und wies mit der rechten Hand neben sich. Sofort rückte der Junge an seine Seite und schmiegte sich an ihn. Doch schon bald rutschte er hin und her. „Du, Opa?" Er wusste nicht, wie er es sagen sollte.

„Nur heraus damit. Du hast mir doch immer alles erzählt." Das Sprechen fiel Hu Saenglah schwer, er spürte bei jedem Atemzug sein Herz. Doch um nichts in der Welt hätte er jetzt auf ein Gespräch mit seinem Enkel, der seinen Namen trug, verzichtet.

„Du, Opa, musst du bald sterben?" Nun war es heraus. Der Alte nickte:

„Mein Herz ist müde." Er sah die Tränen in den Augen des Jungen und streichelte seinen Kopf. „Ich hätte dich so gern noch einige Jahre begleitet."

Hu wischte sich energisch über die Augen: „Opa, wenn du tot bist, brauchst du doch deinen Zopf nicht mehr. Darf ich ihn dann haben?" Er sprang auf und strich mit den Fingern ehrfürchtig über den Zopf seines Großvaters, der in vielen Windungen um den Kopf herum drapiert lag. 5,79 m! Der längste Zopf der Welt. So stand es im Guinness-Buch der Rekorde.

„Wenn ich groß bin, lasse ich meine Haare auch lang wachsen. Vielleicht schaffe ich 6 Meter! Opa, meinst du, dass ich das schaffen kann?", sprudelte es aus ihm heraus.

Trotz seiner Schmerzen musste Hu Saenglah lachen, dann wurde er sehr ernst.

„Du wirst es schaffen, wenn du es wirklich willst, aber ..."

„Aber?"

„Ich wünsche es dir nicht! Kannst du dir überhaupt vorstellen, was es bedeutet, dieses Gewicht ständig zu tragen? Ich war als junger Mann ein leidenschaftlicher Tänzer und Wanderer. Deine Großmutter und ich tanzten sogar in Turnieren. Alles habe ich aufgegeben. Nur, weil ich gewettet hatte, ins Guinness-Buch der Rekorde zu kommen!"

Der Junge sah seinen Großvater verwundert an. „Und es hat dir keinen Spaß gemacht? Überhaupt keinen?"

„Keinen. Ich war nur verbissen. Alle sagten, das schaffst du nie! Ich wollte ihnen zeigen, dass Hu Saenglah es schafft."

„Und du hast es geschafft. Wie stolz musst du gewesen sein!"

„Ja, zuerst war ich glücklich und stolz. Aber schon bald fing ich an, mich zu langweilen, wurde unzufrieden. Es gab keine Steigerung mehr in meinem Leben. Manchmal kam ich mir vor wie ein exotisches Tier in einem Käfig. Und dann setzten die Kopfschmerzen ein. Jede Bewegung peinigte mich. Ich saß nur noch herum, wurde langsam fett. Wie oft war ich drauf und dran, diesen verfluchten Zopf abzuschneiden. Hätte ich es doch getan!"

„Warum hast du es nicht getan?"

„Ich wäre ein Niemand gewesen. Ich hatte nicht den Mut, noch einmal neu anzufangen. Und die Familie hätte es nicht verstanden. Schließlich hatte sie einen erheblichen Anteil an meinem Ruhm. Aus allen Teilen des Landes kamen die Menschen angereist, um mich zu sehen. Und sie beschenkten uns reichlich dafür."

Erschöpft schwieg der Alte, sein Herz mühte sich Schlag um Schlag.

„Opa, es ist nicht zu spät."

Hu Saenglah hörte, wie der Junge das Zimmer verließ und einen Augenblick später zurückkehrte. Es war nicht mehr als ein Schnippschnapp, als er mit Mutters Schneiderschere den Zopf abschnitt. Die Augen des Großvaters leuchteten auf, bevor er lächelnd einschlief.

Der Kleine räumte seine Spielzeugkiste aus, legte ein Kissen hinein und darauf seinen Schatz, den Zopf von ‚Mr. Langhaar'.

Hu Saenglah schlief mehrere Stunden tief und fest. Als er erwachte, war die Sonne untergegangen. Er fühlte sich ausgeruht. Keine Schmerzen. Er hatte einen merkwürdigen Traum gehabt. Er betastete seinen Kopf. Nein, es war kein Traum gewesen. Der Zopf war ab. Er kam sich beinahe vor wie in seiner Kindheit, wenn er etwas ausgefressen hatte. Auf der einen Seite belustigte ihn der Gedanke, wie die Familie auf seinen nackten Kopf reagieren würde. Andererseits fürchtete er sich auch davor.

Er dachte an die Worte seines Arztes: Mit deiner Herzschwäche kannst du durchaus alt werden, wenn du bereit bist, dein Leben zu ändern. Als Erstes musst du deinen Fettwanst loswerden. Dazu brauchst du Bewegung an der frischen Luft. Und lass wieder Freude in dein Herz hinein. Sonst gebe ich dir nur noch wenige Wochen.

Er hatte sich schon damit abgefunden zu sterben. Wollte nur noch seine Ruhe. Was hatte sein Enkel gesagt? Es ist nicht zu spät. Vielleicht war es wirklich noch nicht zu spät, und es gab etwas, für das es sich zu leben lohnte.

Der alte Hu betätigte die Klingel an seinem Bett. Kurze Zeit später eilte der Familienclan herbei, ein Mitglied nach dem anderen. Sie versammelten sich an seinem Fußende, musterten ihn ernst. Nur sein Enkel Hu an Mutters Hand blinzelte ihm zu.

Sie mögen mich nicht. Jeder Einzelne würde mich lieber heute als morgen tot sehen. Ich bin ihnen eine Last. So wie ich meiner Frau eine Last gewesen bin. Sie hat mich all die Jahre ertragen, meinen Missmut und meine Wutausbrüche. Meine Kopfschmerzen haben mir fast den Verstand geraubt. Sie konnte nichts dafür, doch ich habe sie täglich dafür bestraft. Schließlich ist sie eingegangen wie eine Nachtigall im Käfig. Danach ist es mit mir noch schlimmer geworden. Keiner konnte es mir Recht machen, für niemanden hatte ich ein gutes Wort. Aber schließlich verdienten sie ja an meinem Zopf genug. Nur mein Enkel Hu hat immer zu mir gehalten. Wie oft hab ich ihn angefahren: Was willst du schon wieder, verschwinde! Doch er hat nur ruhig gefragt: Hast du wieder Kopfschmerzen, Opa? Dann hat er mir Geschichten erzählt und meine Schmerzen für kurze Zeit zum Schweigen gebracht.

Der Kranke ruhte in den Kissen, der Kopf umrahmt von dunklen, kaum ergrauten Haaren. Lag nicht ein neuer Ausdruck in seinem Blick?

Plötzlich Ausrufe des Erstaunens. Yee, der ältere Bruder, hatte seinen Platz vor allen anderen eingenommen. Als Familienoberhaupt. Er blickte den vor ihm Liegenden streng an, und seine Stimme erhob sich gegen ihn:

„Wo ist dein Zopf? Hast du den Verstand verloren?"

„Verstand verloren?", echoten die anderen.

„Du hättest uns fragen müssen."

„Fragen müssen."

„Was wird nun aus uns?"

„Aus uns?"

Hu Saenglah ließ sie eine Weile gewähren, dann gebot seine Hand ihnen zu schweigen:

„Ja, der Zopf ist ab! Und ihr meint nun, ich sei verrückt geworden? Ich hätte ihn längst abschneiden sollen." Erneut ertönte erregtes Murren.

„Dein Egoismus ist empörend!"

„Empörend!"

„Es sind meine Haare! Wer gibt euch das Recht, darüber zu bestimmen? Habt ihr euch in all den Jahren auch nur ein einziges Mal gefragt, wie ich mich als euer Ausstellungsstück fühlen könnte? Nein! Ihr wolltet immer nur euren Vorteil aus meiner Berühmtheit. Schluss damit. Ich bin sehr krank. In der Zeit, die mir noch bleibt, möchte ich unbeschwert leben. Mit meinem Enkel lachen. Den Wind spüren. Den Duft einer Sommerwiese ... Ach, das versteht ihr ja doch nicht."

Yee senkte den Blick und schwieg. Die anderen taten es ihm gleich. Hu schaute seinen Bruder an, dessen Gesichtsausdruck ihm von starken Schmerzen sprach.

Seine Haarlänge dürfte nicht mehr weit von der 5-Meter-Marke entfernt sein. Er tat ihm Leid.

In diesem Moment entwischte der Kleine dem Griff der Mutter, huschte an die Seite seines Großvaters. In das Schweigen hinein erklang seine helle Stimme:

„Mr. Langhaar ist tot! Wir machen ihm zu Ehren ein schönes Begräbnis. Dann kann mein Opa weiterleben. So, wie er es sich wünscht." Er kicherte. „Ohne seinen Zopf erkennt ihn sowieso niemand."

Einige Zeit später erschien eine Meldung in den Bangkoker Nachrichten:

```
Bangkok (AP) Erst jetzt wurde
bekannt, dass der berühmte
,Mr. Langhaar' – mit den längsten
Haaren der Welt im Guinness-Buch
der Rekorde – verstarb.
Die Beerdigung fand im engsten
Kreise statt.
```

Großvaters Wale

W ir hätten mehr tun sollen", so begannen meistens Großvaters Geschichten von früher.

Markus konnte sie schon nicht mehr hören. Wenn Großvater in seinem Sessel saß, unter der flackernden Neonröhre, die von der Betondecke hing, schwelgte er oft in Erinnerungen an seine Kindheit. Markus erinnerte sich, dass er früher gerne Großvaters Geschichten gehört hatte, wie er als Kind noch auf der Straße oben spielen konnte. Wie er mit der Schule Wandertage in der freien Natur und wie er mit seinen Eltern Urlaub an exotischen Plätzen gemacht hatte und seltsame Tiere gesehen hatte.

Wenn Großvater zu depressiv war, um schöne Geschichten zu erzählen, und stattdessen immer jammerte, zog sich Markus zurück und wälzte in den alten Büchern und Fotos seines Großvaters. Er sah ihn als Kind mit anderen Kindern auf einer grünen Wiese spielen. Man sah deutlich die Sommersprossen auf dem freien Oberkörper und die leuchtend blauen Augen.

Markus kannte all das gar nicht. Er kannte nur die künstliche Beleuchtung, die gefilterte Luft und den harten Betonboden. Das Leben an der Oberfläche scheint schön gewesen zu sein, dachte Markus oft, wenn er die alten Postkarten seines Großvaters durchblätterte. Die Menschen beschrieben das Wetter damals immer als schön, wenn sie von exotischen Orten wie Schwarzwald oder Mallorca schrieben.

Einmal hatte sein Großvater als Kind eine sehr große Reise gemacht. Es war 2012 gewesen, da war er gerade acht Jahre alt. Seine Eltern, Markus' Urgroßeltern, waren nach Amerika geflogen und durch das Land gereist. Sie hatten Naturparks besichtigt und waren sogar in Alaska beim ‚whale watching' gewesen. Für Großvater war das in letzter Zeit einer seiner Lieblingsgeschichten, wenn er von diesen riesigen Tieren erzählte, die nur zum Luft holen an die Oberfläche kamen.

Markus konnte sich so große Tiere nicht vorstellen. Er hatte noch nie Tiere gesehen. Er wusste nur, dass ein Teil seines Essens von Tieren kam. Aber die Fleischfabriken durften aus hygienischen Gründen nicht besucht werden und außerhalb gab es keine Tiere.

Außer vielleicht auf der Oberfläche ...

Markus war noch nie auf der Oberfläche gewesen. Er war, so wie alle Kinder in seiner Schule, bereits unter der Erde geboren worden, nachdem seine Eltern wegen des Klimawandels dahin umziehen mussten. Die Stürme, der saure Regen, die verschmutzte Luft und die UV-Strahlung machte menschliches Leben auf der Oberfläche unmöglich.

„Früher reisten wir ins Weltall und wollten andere Planeten besiedeln. Jetzt ist unser eigener Planet zum Weltall geworden."

Markus konnte die depressive Laune seines Großvaters nicht ertragen. Er nahm ein paar Fotoalben mit und ging durch die Luftschutztüre in das Schlafquartier.

An den Wänden links und rechts waren die Schlaf-
nischen für ihn, Großvater und die drei anderen
Familien, mit denen sie in einer Wohneinheit lebten.

Markus' Eltern waren früh gestorben, so wie viele,
die früh unter die Erde gehen mussten. Die Menschen
hatten ein paar Jahre gebraucht, sich an das Leben an-
zupassen, die Nahrungsergänzungsmittel zu erfinden,
die den Sonnenlichtmangel ausglichen und die Filter-
anlagen so gut zu bauen, dass Krankheiten nicht über
ganze Kolonien verbreitet wurden. In Markus' Klasse
war die Hälfte der Kinder Waisen.

Markus schlug das Fotoalbum auf. Auf der ersten
Seite stand ganz blass ‚Sommer 2012'. Sein Großvater
trug eine orange Weste, genau wie die übrigen neun
auf dem kleinen Boot. Er strahlte in die Kamera
hinein, während hinter ihm eine Wasserfontäne hoch-
schoss. Sein Großvater hatte ihm erklärt, dass das ein
Wal war, der gerade ausatmete und Luft holte.

Markus kannte Wasserfontänen von den Probe-
bohrungen nach Energiequellen. Wasser wurde um-
geleitet in die Nähe von Magma-Kammern. Es erhitzte
sich, lief durch Röhren ins Kraftwerk, wo es die
Turbinen antrieb, wieder abkühlte und erneut zum
Magma floss. Es waren gewaltige Maschinen, so groß
wie fünf Wohneinheiten, die mit riesigen Bohrern
ihren Weg ins Gestein fraßen. Markus konnte sich
nicht vorstellen, dass es Tiere geben könnte, die auch
so viel Kraft besaßen.

Markus blätterte die Seite um. Da war sein Großvater etwas älter. Er war im Garten und spielte mit
einem kleinen, haarigen Knäuel, das vier Beine hatte.

Großvater hatte ihm erklärt, dass sei ein ‚Hund‘ gewesen, eine andere Art Tier. Es musste damals viele verschiedene Tiere gegeben haben. Markus hatte seinen Großvater mal gefragt, wie viele Tiere es damals gab. Sein Großvater wusste es nicht, so viele waren es!

Markus ließ seinen Finger über das glatte Foto gleiten, als würde er den Hund streicheln. Sahen so auch die Tiere aus, von denen sein Fleisch kam? Sahen Rind und Truthahn so aus? Vielleicht ja, vielleicht nein. Ein Hund sah ja auch ganz anders aus als ein Wal.

Manchmal blätterte Markus soviel in den Fotoalben seines Großvaters, dass er nachts davon träumte, selber auf der Oberfläche zu leben, die Sonne zu sehen, ohne eine Sonnenbrille oder einen Ganzkörper-schutzanzug. Einfach nur an der frischen Luft zu spielen, Tiere in der Realität zu sehen und Regen auf der Haut zu spüren.

„Wir hätten mehr tun sollen", sagte sein Großvater oft. Er meinte, die Menschen hätten es selber verur-sacht, dass sie nun unter der Erde lebten. Die Lehrer in der Schule brachten Markus etwas anderes bei. Im Schulbuch stand, dass das ein ganz normaler Wechsel und dass auch nur vorübergehend sei. Irgendwann würde es an der Oberfläche wieder kühler sein, der Regen frisch, die Sonne weniger gefährlich und viel-leicht gäbe es dann auch wieder Tiere. Markus wartete jeden Tag darauf, dass er mit seinem Großvater die Wohnquartiere wieder verlassen kann und endlich mal die Sonne sehen könnte.

„Großvater, wenn ich groß bin, dann fliegen wir auch mal nach Amerika, und dann schauen wir uns Wale an, wie früher!" hatte er einmal zu seinem Großvater gesagt. Daraufhin hatte sein Großvater nur leise geweint, den Kopf geschüttelt und Markus durchs Haar gestrichen. Markus hatte das nie verstanden, denn alles ist doch nur vorübergehend. Das Klima hat sich immer schon gewandelt, so hatte er es in der Schule beigebracht bekommen. Es hat immer wieder Eiszeiten und Hitzezeiten gegeben.

Eines Tages würde er die Wale sehen, da war sich Markus ganz sicher und blätterte weiter in Großvaters Alben.

Hilfe,
meine Tochter hat ein Alien geheiratet!

Uta muss verrückt sein! Gesponnen hat sie ja schon immer! Sie träumt von Jedirittern mit Lichtschwertern! Natürlich ist sie sich zu fein für ganz normale deutsche Männer. „Nein, Mama, ich will den Finanzbeamten nicht und auch nicht den Lehrer. Ich liebe keinen von beiden."

Und nun diese neue Marotte: heylanische Philosophie! Als ob eine hübsche Frau so was braucht! Sie heiratet doch sowieso. Paul wäre ein guter Schwiegersohn. Er grüßt nett, sieht immer gepflegt aus, und er wird das Café am Markt erben. Eine wahre Goldgrube! Ich weiß doch, was es heißt, mit einem schlecht bezahlten Bibliothekar verheiratet zu sein, der nur seine Schmöker kennt und seiner Tochter Schnapsideen in den Kopf setzt! So was wie heylanische Philosophie! Aber das war wohl eher dieser Professor Andal. Mit dem hat es angefangen! Mit seiner dämlichen Philosophie! Man müsste so was glatt verbieten: Außerirdische, die den Menschen gut bezahlte Stellen wegschnappen und sinnlosen Müll verbreiten. Uta hat nur noch Flausen im Kopf! Sie wollte in den Ferien nach Heyla! Niemand aus unserer Familie hat je so eine teure Reise gemacht. Ich habe erklärt, dass das bei dem mickrigen Einkommen ihres Vaters nicht drin wäre und basta. Da hat sie den Quatsch wie eine Verrückte gebüffelt und ihre Reise ins Gelobte Land als Auszeichnung gekriegt.

„Nein!", habe ich sofort protestiert. „Das kommt nicht in Frage! Noch mehr Umgang mit den arroganten Pinselohren, und sie hält gar nichts mehr von uns. Für die ist doch die ganze Menschheit primitiv." Aber nein, ihr Papa hat es erlaubt!

Und nun ist sie mit einem dürren, grünblütigen Kerl zur Erde heimgekehrt! Der hat sich glatt erdreistet, dem netten Paul zu verbieten, meiner Tochter Blumen zu schenken. Er sagte, dass meine Kleine seine Gemahlin wäre und Paul sein Begehren verstoßen müsse! Der arme Junge ist knallrot geworden und wortlos geflüchtet. Ich hätte den Mistkerl erwürgen können! Ja, ich habe den halben Raumhafen zusammengeschrien. Aber was sollte ich denn machen? Meine einzige Tochter hat, ohne mich zu fragen, ein Alien geheiratet! Natürlich habe ich von ihr verlangt, dass sie sich scheiden lässt. Sie hat es frech abgelehnt. Ich möchte wissen, was sie an dem Kerl findet! Er sieht krakelig aus und ist schwarz wie die Nacht. Und diese Ohren! Ich bin bestimmt keine Rassistin, aber wenn Uta schon einen Außerirdischen nimmt, muss der auch noch schwarz sein? Und grüne Lippen haben? Und eine grüne Zunge! Igitt! Von so was lässt sich meine süße, blonde Tochter küssen! Das ist eklig und pervers! Wer weiß, was an dem noch alles grün aussieht. Und wahrscheinlich riesengroß ist.

Dabei hat sich Uta immer wie ein Püppchen Rührmichnichtan aufgeführt. Ich dachte schon, dass sie gar keinen Mann abkriegt. Nur deshalb habe ich mich für sie umgesehen. Und nun das!

Nur eine Schlampe wirft sich so schnell einem fremden Mann an den Hals! Und nur eine neugierige Oberschlampe einem Außerirdischen, der sein grünes Ding überall reinschiebt! Das hat alles mit dieser blöden Philosophie angefangen! Man sollte so was gar nicht bei uns lehren! Wir Menschen haben unsere eigenen Philosophen und nette Männer wie Paul! Der Neger ist doch nur ein Hungerleider! Da wird sich Uta ihre teure Kosmetik und so was abschminken können! Von mir kriegt sie nichts mehr! Ich wüsste zu gern, in welchem Kaff sie den Affen aufgelesen hat. Wie der mich angeglotzt hat, als ich verlangt habe, dass sie sich scheiden lässt! Mit richtigen Glühaugen. Nach Mentalkontrolle sah das nicht aus! Und mein vertrottelter Fred meinte auch noch, dass er den Ehemann seiner Tochter kennen lernen möchte. Ich pfeife auf einen Schwiegersohn mit seltsamen Ohren und einem riesengroßen, grünen...

Meine kleine Uta ist einfach mit ihm abgezogen! „Ich bin nicht mehr eure Tochter! Wenn ihr meinen Mann ablehnt, bin ich nicht mehr eure Tochter!"

Danach ist ihr feiger Sack von Papa aufs Klo verschwunden und nicht mehr aufgetaucht. Es gab leider eine Hintertür. Vermutlich besäuft er sich gerade, während ich vor Wut Torte mampfe und am liebsten sämtliche Aliens ausrotten würde! Wer braucht die schon! Ihr stinklangweiliges, hochtrabendes Getue oder ihre abartige Philosophie!

Uta lässt sich nicht mehr sehen und mein Mann ist neuerdings viel auf Dienstreise! Er hat sich mit dem Pinselohr arrangiert. Aber ich werde das nicht!

Niemals! Und jetzt warte ich in der Mensa und versuche, meine Tochter abzupassen. Da kommt sie endlich und wieder mit ihrem Kerl! Auf einmal sehe ich, wie die Studenten ihn respektvoll grüßen: „Guten Tag, Herr Professor! ... Hätten Sie bitte einen Augenblick Zeit? ... Danke für die Zusatzliteratur!"

Uta hat sich ein richtig großes Tier geangelt. Sie hat ausgesorgt ... sogar besser als ich. Vielleicht sollte ich dem hässlichen Affen verzeihen, dass er kein Mensch ist und mein armes Kind irgendwann in die heylanische Wüste verschleppen wird.

Jetzt sieht er mich und will mich begrüßen, aber Uta hält ihn fest. „Diese Frau ist nicht mehr meine Mutter", erklärt sie hart. „Sie ist eine ekelhafte Rassistin."

Das ist ungerecht! Ich habe nichts gegen Heylaner, solange sie auf ihrem öden Planeten bleiben, unsere Mädchen in Ruhe lassen und gewisse grüne Körperteile ausschließlich in die grünen Öffnungen ihrer eigenen Frauen stecken! Aber halt! Wenn Utas Mann Professor ist, wieso braucht sie dann immer noch Taschengeld? Der ist doch viel reicher als wir! Er ist weg, bevor ich ihn fragen kann. Meine Tochter zeigt mir die kalte Schulter, sieht mich nicht einmal an! Heute noch gehe ich zu ihr und stelle sie zur Rede!

Ich hasse den Kerl! Nicht das Pinselohr, sondern meinen verlogenen Mann. Ich habe es satt, mich ausnutzen und verscheißern zu lassen! Ich wollte Uta nur fragen, ob das Alien sie anständig behandelt. Und warum der geizige Kerl nicht wenigstens ihre Studentenbude bezahlt.

Ich habe mich richtig in meine Wut reingesteigert... Und dann sehe ich den Briefkasten! Wie kommt der Name meines Mannes an Utas Tür?

Eine Nachbarin klärt mich auf: „Die Frau Professor ist vor sieben Wochen ausgezogen. In eine piekfeine Gegend. Nur Villen und Etagenwohnungen!" Ich starre die Alte sprachlos an, frage, wer jetzt hier wohnt. „Ach, da ist Utas Vater mit seiner jungen Frau eingezogen. Die arme Kleine ist so oft allein. Sie ist hübsch und nett und sehr sauber. Solche Mieter haben wir gern."

Gott war ich blöd! Mein findiger Ehemann steckt das Geld für Uta in die eigene Tasche und finanziert damit sein Liebesnest! Zu gern würde ich Sturm klingeln und es der Tussi zeigen! Aber das ist bestimmt so ein gertenschlankes, vollbusiges, junges Ding. Ich weiß doch, wie ich früher aussah und was Fred gefällt. Jetzt bin ich alt und fett, weil ich oft wütend bin und dann immer Hunger kriege. Weil mich niemand respektiert. Weil mein Mann sich eine Geliebte zugelegt hat und meine versnobte Tochter zu einem hochnäsigen, schwarzen Alien gezogen ist! Das Weibsbild wird sich eins grinsen, weil bei mir in jeder Beziehung der Sonntag runter ist. Wenn Fred sich wegen der Schlampe scheiden lässt, sieht es schlecht für mich aus. Ich müsste nach über zwanzig Jahren wieder im Laden stehen! Es ist ungerecht!

Ich brauche die Adresse des noblen Professors. Ich habe gehört, dass auf Heyla die Clanmütter große Macht haben.

Vielleicht kann mein lieber Schwiegersohn meiner lieben, kleinen Tochter erklären, wie wichtig es ist, die eigene Mutter zu respektieren. Vielleicht gibt er mir sogar regelmäßig ein bisschen Geld, und ich muss nicht arbeiten gehen.

Der magische Schlüssel

In einer alten Schmiede vor der Stadt lebte ein Schmied. Er lebte alleine und war weit und breit bekannt als Meister seiner Kunst. Doch immer öfter fielen die geschmiedeten Stücke nicht mehr so kunstvoll aus. Seine Kraft ließ nach und auch seine freundliche Art wurde immer mehr zu einer griesgrämigen Laune.

Als der Schmied eines Tages wieder ein Stück Eisen nahm und in die Glut legte, spritzte das Feuer auf, als habe es schon lange gierig auf das Eisen gewartet. Schnell wurde das Eisen glühend. Geschickt hob es der Schmied mit einer Zange aus der Feuersglut und fing ohne große Lust an, das glühende Eisen zu beschlagen.

Es begab sich aber zur gleichen Zeit, dass in der Nähe ein Wagen mit hölzernen Rädern über einen steinigen Weg fuhr. In ihm saß eine Mutter mit ihrem Kinde. Der Wagen holperte und stieß ganz arg, bis er plötzlich umschlug. Ein Rad war vom Wagen gesprungen, und der Wagen lag nun auf der Seite. Zur großen Not der Mutter war auch das Kind aus dem Wagen geschleudert worden und lag besinnungslos da.

„Was soll ich nun tun", dachte die gute Frau bei sich und rief laut um Hilfe.

Zwischen seinen mächtigen Schlägen hörte der Schmied eine Stimme. Undeutlich zwar, aber er hörte die Angst und Sorge. So ließ er seine Arbeit liegen und suchte die Stimme.

Als er die Frau und das verletzte Kind fand, sah er, dass der Wagen schnell wieder tauglich gemacht werden musste, damit das Kind zur Heilerin gefahren werden konnte.

Er lief zu seiner Schmiede, nahm das Stück unfertiges Eisen, was er gerade noch ohne Lust beschlagen hatte, und schlug mit ganzem Herzen aus dem Stück einen Splint für das Rad.

Mit dem fertigen Splint eilte er zurück, setzte das Rad ein, und der Wagen konnte weiterfahren. Die Mutter hielt ihr Kind fest, während der Schmied die Pferde lenkte. Bei der Heilerin angekommen, verabschiedete sich der Schmied und ging in seine Schmiede zurück.

Die Zeit verging und der Schmied wurde älter. Seine Schmiede war nicht mehr so besucht. So hatte er mehr und mehr Sorgen und wurde immer griesgrämiger. Eines Tages erschien vor seiner Schmiede ein junger Mann. Er schaute dem Schmied eine Weile bei der Arbeit zu und sprach ihn an.

„Könnt Ihr mir Euer Handwerk lehren?", fragte er freundlich.

„Ich könnte Euch mein Handwerk lehren", entgegnete der Schmied, „aber es ist kein Handwerk, von dem ihr gut leben könntet. Meine Schmiede ist alt, und Ihr würdet in der ersten Zeit Hunger leiden."

„Ein Handwerk ist ein Handwerk, und mit einem guten Herzen wird es schon im Leben weitergehen", sprach der Jüngling und begann sein Werk.

Viele Jahre schmiedeten die zwei zusammen, und der Schmied wunderte sich über die Kraft und

Ausdauer seines Lehrlings. Auch kamen bald wieder neue Kunden, und so wurde die Schmiede erneut bekannt für außergewöhnliche Arbeiten. Der junge Mann schmiedete grobe und feine Sachen gleichermaßen gut. Eines Tages trat er vor seinen Meister und sagte: „Du hast mich alles über dein Handwerk gelehrt und nun werde ich dich verlassen."

Der Schmied war erschrocken und bat den Jüngling zu bleiben, da er sich fürchtete, seine Schmiede würde verfallen und er wieder alleine sein. Der Jüngling sah wohl die Furcht des Meisters und reichte ihm einen geschmiedeten Schlüssel.

„Diesen Schlüssel habe ich aus dem Splint geschmiedet, den du für mich und meine Mutter in unserer Not geschmiedet hast. Du hast nie ein Wort darüber verloren. Du hast den Splint mit deinem Herzen geschmiedet und mir mein Leben gerettet. Wann immer du nun unentschlossen bist, nimm den Schlüssel und betrachte ihn. Er wird dir alles aufschließen. Wenn der Schlüssel dir etwas nicht aufschließt, zweifle nicht an der Macht des Schlüssels. Gehe in dich und du wirst sehen, alle verschlossenen Kammern in deinem Herzen werden sich nach und nach öffnen. Nimm nun den Schlüssel und bewahre ihn gut auf."

Der Schmied nahm den Schlüssel und augenblicklich war der Jüngling verschwunden.

Wann immer der Schmied unentschlossen, zögerlich, oder traurig und einsam war, holte er den Schlüssel aus seiner Tasche.

Oft tat er dies, erinnerte sich an den Jüngling, fand immer neues in seinem Herzen, und der Schlüssel schloss ihm seine Seele auf. Als der Schmied starb und beerdigt werden sollte, fanden die Menschen den Schlüssel in seiner Hosentasche. „So ein alter Schlüssel", dachten sie. Weil er in keine Tür und in kein Schloss passte, warfen sie ihn achtlos fort. Alle, die nach einem Schlüssel für ihre Unentschlossenheit, ihre Einsamkeit oder Traurigkeit suchen, finden ihn seither in ihrer Seele, in ihrem Herzen.

Der Eindringling

Der neue Freund meiner Mutter bedeutete mir mit der Hand, zu ihm zu kommen. Kaum war ich bei ihm, sagte er nur kurz und keinen Widerspruch duldend: „Gehen wir."

Er marschierte sofort los in Richtung Dorfausgang, und ich versuchte, mit ihm Schritt zu halten. Ohne jemandem begegnet zu sein, überschritten wir wenige Minuten später die Dorfgrenze. Vor uns lagen Felder und Wiesen und natürlich die für Schleswig-Holstein typischen Knicks, die auf kleinen Erdwällen gepflanzten Buschreihen zwischen den Äckern. Sie sollen verhindern, dass der in dieser Gegend fast immer wehende Wind den wertvollen Ackerboden fortweht. So weit das Auge reichte, war außer uns beiden kein Mensch zu sehen. Mich beschlich ein ungutes Gefühl. Ich wollte umkehren, doch seine kräftige Hand stieß mich unerbittlich vorwärts.

„Weiter!", herrschte er mich an. „Weiter!"

Der extrem kalte Winter von sechsundvierzig auf siebenundvierzig lag hinter uns. Der Frühling war endlich da. Überall grünte und blühte es. Die Vögel zwitscherten, tirilierten, sangen, tschilpten und trällerten. In den Knicks tobte das Leben. Doch an mir ging die Fröhlichkeit vorbei. Selbst dem bekannten Ruf des Kuckucks gelang es nicht, mich aufzuheitern. Mich beherrschte ein einziges Gefühl: Angst.

Zunehmend beunruhigte mich sein verschlossenes Gesicht. Mochte er auch der neue Freund meiner Mutter sein, für mich war er immer noch ein fremder und somit unberechenbarer Mann. „Wird er mich hinter einem Knick erschlagen?", dachte ich in einem Anfall irrationaler Panik. „Niemand wird mich vermissen. Erst recht nicht um mich weinen." Ging es mir nicht sogar noch schlechter als Abrahams Urenkel Josef? Zwar hatten ihn seine Brüder in eine Grube geworfen und ihn anschließend an Sklavenhändler verkauft, aber Josef wurde zumindest von einem Menschen beweint, von seinem Vater Jakob.

Mein Blick wanderte prüfend über meinen Begleiter. Einen Spaten schien er nicht bei sich zu haben. „Will er mich einfach liegen lassen, den Tieren zum Fraß vorwerfen?", fuhr es mir durch den Sinn. Mit meiner kindlichen Fantasie steigerte ich mich immer tiefer in die Angst hinein. „Von Tieren gefressen werden, schrecklich!" Ich nahm allen Mut zusammen und rannte los. Doch bereits nach wenigen Metern spürte ich seine Hand an meinem Kragen. Sie hob mich mühelos empor. Ich strampelte verzweifelt mit den Beinen, aber was kann ein Sechsjähriger gegen einen erwachsenen Mann ausrichten? Im nächsten Augenblick setzte er mich unsanft auf den Boden.

„Da geht's weiter!", knurrte er und stieß mich nach rechts in einen Feldweg.

Es war ein schmaler Feldweg. Nach der ersten Biegung wandte ich mich um. Von der Hauptstraße war nichts mehr zu sehen. Nun wurde es ernst. „Und niemand wird um mich weinen", dachte ich wieder und fühlte mich von Gott und aller Welt verlassen. Etwas Gewaltiges drückte auf meine Brust. Ich konnte kaum atmen. Angst lähmte mich, nackte Todesangst.

An Entkommen war nicht zu denken. Ich war meinem Peiniger ausgeliefert. Ich zitterte am ganzen Körper. Wie ich aus dem Kindergottesdienst wusste, hatte Gott Abraham befohlen, seinen Sohn Isaak zu töten. Es kam zwar nicht dazu, weil Gott rechtzeitig einen Widder als Ersatz schickte. Jetzt war ich an der Reihe, aber kein Widder war in Sicht. Offensichtlich war ich Gott keinen Widder wert.

Der Freund meiner Mutter holte ein Taschenmesser hervor und klappte die größte Klinge heraus. Mit dem linken Daumen strich er vorsichtig über die Schneide, um die Schärfe zu prüfen. Er zuckte zurück. An seinem Daumen zeigte sich etwas Blut. Die Klinge funkelte in der Sonne. Mit dem offenen Taschenmesser verschwand er im Knick.

„Denk nicht dran", drohte er, als ahnte er, dass ich tatsächlich an einen weiteren Fluchtversuch gedacht hatte.

Kurz darauf erschien er bereits wieder und kam mit einem Stock auf mich zu. Dabei entfernte er noch einige Blätter und kleine Zweige, bis er ihn für geeignet hielt. Er baute sich vor mir auf. Vorsichtig schlug er den Stock einige Male auf seine linke Handfläche.

„Nun kannst du schreien, so viel du willst. Hier hört dich niemand." Er versuchte gar nicht, Hohn und Freude zu verbergen.

Natürlich hätte ich schreien können, aber wozu? Es gab niemanden mehr, der mir hätte helfen können. Mein Vater war auf der Flucht aus Ostpreußen erschossen worden, und von meinem drei Jahre jüngeren Bruder hätte ich selbst dann keine Hilfe erwarten können, wenn er nicht als Säugling verhungert wäre. Überdies hatte sich etwas Wesentliches ereignet. Mir war inzwischen klar geworden, dass ich nur geschlagen werden sollte. Und in dem Fall konnte ich auch von meiner Mutter, der allein übriggebliebenen Erziehungsberechtigten, keine Hilfe erwarten. Denn in ihren Augen gehörten doch gerade Schläge zu den wichtigsten Methoden, um einen Jungen zu erziehen. Ihre Devise lautete sogar: Schade um jeden Schlag, der vorbeigeht. Wurde es ihrer Meinung nach wieder einmal Zeit für eine derartige Erziehungsmaßnahme, dann konnte es geschehen, dass sich kinderfreundliche Nachbarn einmischten und meine Mutter belehrten: „Kinder schlägt man nicht." Für meine Mutter war das allerdings kein stichhaltiges Argument, denn sie schlug doch kein Kind, sondern einen Jungen. Selbst der frühere Freund meiner Mutter hatte mich etliche Male gerettet, aber zu meinem Bedauern trennten sich die beiden. Ihrer Aussage nach war er zu aggressiv. Dann kam der Neue und übernahm bereitwillig das Amt des Schlägers.

„Jetzt kannst du schreien", wiederholte er seinen Versuch, mich zu verhöhnen.

Bis vor wenigen Augenblicken hatte ich noch mit meinem Tod gerechnet oder mit dem Verkauf an Sklavenhändler. Doch jetzt wusste ich, dass ich nur geschlagen werden sollte. Die Angst wich augenblicklich von mir. Stattdessen wurde ich wütend. Mir war zwar nicht ganz klar, gegen wen sich meine Wut richtete. Aber auf jeden Fall war ich wütend, weil ich ihm ausgeliefert war. Ausgerechnet ihm, der sich in meine Familie gedrängt hatte. Als er das erste Mal bei uns erschien, bot er an, ich dürfe Papa zu ihm sagen. – Papa – ich? – zu einem Eindringling!?

Nachdem der Eindringling seine Pflicht erfüllt hatte, warf er den Stock in hohem Bogen zurück in den Knick. Dieses Mal hatte er vorsichtiger zugeschlagen. Meine Arme und Beine sowie mein Gesicht blieben verschont. Anders als das Mal davor war ich jetzt nicht gezwungen, der Schule für drei Tage fernzubleiben.

Schweigend traten wir den Heimweg an. Heiterkeit stieg in mir auf. In dieser Zeit wurde ich zwar sehr oft geschlagen, aber für gewöhnlich nur ein einziges Mal am Tag. Hatte ich meine Tagesration hinter mir, konnte ich aufatmen und den Rest des Tages genießen. An Tagen ohne Schläge – diese Tage gab es auch – schwebte das Damoklesschwert über mir bis in den Schlaf hinein. Insofern war es mir lieber, zeitig geschlagen zu werden, anstatt bis zum Schlafengehen im Ungewissen zu bleiben.

Zu Hause angekommen, herzte der Mann meine Mutter. Sie lachten und eröffneten mir: „Wir werden sehr bald heiraten. Außerdem", sie machten eine kurze Pause und taten sehr geheimnisvoll, „kannst du dich auf ein Geschwisterchen freuen." Sie suchten meinen Blick. Hofften sie etwa auf Anzeichen von Freude bei mir?

In mir brannte es wie Feuer. Es schmerzte mehr als eine Tagesration an Schlägen. Meine Familie existierte nicht mehr. Der Eindringling hatte nun seine eigene Familie gegründet – eine Familie, in der für mich kein Platz war. Und das bekam ich in den Folgejahren wieder und wieder zu spüren.

Der Löffel

Sie nimmt den Löffel und verteilt durch gleichmäßiges Rühren die Milch im Kaffee.

Beim Betrachten des Löffels, der sicher schon bei vielen Generationen unzählige Male am Kaffeetisch seine Dienste geleistet hat, gehen ihr seltsame Gedanken durch den Kopf. Die Form war nach vorn spitz zulaufend und für heutiges Design eher ungewöhnlich. Auch am Ende des Stieles war der Löffel nicht abgerundet oder einfach gerade. Nein, er endete in einem verzierten Dreieck mit eingekerbten Linien. Und wie sie so sinnend den Löffel betrachtet und überlegt, wer wohl in all der Zeit mit ihm den Kaffee gerührt hat, verändern sich die Geräusche um sie herum. Wie in Trance nimmt sie die fremden Menschen wahr, die in seltsamen Kleidern steif am Tisch sitzen und mit erzwungener Vornehmheit die Tassen halten. Mit spitzen und abgespreizten Fingern teilen sie den Kuchen, rühren im Kaffee und legen ihren Löffel wie in einem Ritual ab.

Sie schaut auf ihre Hand, die zu ihrer Verwunderung in einem Spitzenhandschuh steckt. Ein schöner, aber protziger Ring ziert einen ihrer Finger. Die Torte schmeckt furchtbar fett und süß, und ihr wird fast übel. Ihr gegenüber sitzt ein junger Mann, der steif und überhöflich das Wort an sie richtet. Hätte er nicht diese eigenartige Frisur und diesen schon fast komischen Bart, er wäre ein sehr schöner Mann. Sie betrachtet ihn nach Antwort suchend, und als sie sich in die Augen sehen, dreht sich alles in ihr.

Ihr Bauch ist voll von Schmetterlingen und ihre Wangen röten sich. Ihre Hand zittert und sie hört nicht, dass einer der Gäste beginnt, Klavier zu spielen. Die Gäste erheben sich und gehen in den anderen Teil des Raumes, wo ein paar Stühle stehen, und setzen sich, um dem Klavierspiel zu lauschen. Ein paar von ihnen, die jüngeren, stehen. Auch der junge Mann, der sie so durcheinander bringt und sie selbst stehen nebeneinander und hören zu. Er ist ganz dicht neben ihr, seine Brust berührt ihre Schulter und sie kann seinen Atem spüren. Später gehen sie im Park spazieren und setzen sich auf eine Bank. Vorsichtig nimmt er ihre Hand und küsst sie. Alles kommt ihr vor wie ein Traum, und sie kann nicht realisieren, was eigentlich passiert. Es fühlt sich alles so seltsam an. Als sie zurück ins Haus gehen, rauscht ihr langes, weites Kleid über den Boden und die Stufen. Er ist immer dicht neben ihr, wie um sie zu beschützen.

Ihre Blicke wandern durch den Salon und als ihre Augen auf einem Gemälde ruhen, geschieht etwas Seltsames. In dem Moment, als sie den Mann neben sich am stärksten begehrt, sieht sie in die zwei Augen in dem Gemälde. Eine wunderschöne Frau in einem weißen und anmutigen Kleid schaut sie an und lächelt. In ihren Händen hält sie eine Tasse, in der noch der Löffel steht, mit dem sie umgerührt hatte. Für einen winzigen Augenblick zwinkert sie ihr zu, und sie weiß, dass sie gerade fühlt, was diese Frau fühlte. Auf der Anrichte steht ein kleines Bild in einem goldenen Rahmen.

Sie betrachtet es und erkennt, dass unter einem Baum auf einer verzierten Bank eine Frau sitzt, mit dem Mann, der gerade so wunderschöne Gefühle in ihr geweckt hat. Zwischen ihnen ein kleines Mädchen. Sie haben hier gelebt und dieses Haus ausgefüllt, wird ihr klar. Aber wer waren sie? Als sie sich umdreht, wird der Tisch schon für das Abendessen eingedeckt und die moderne Deko, das grelle Licht und diese Menschen, die aus einem anderen Jahrhundert zu stammen scheinen, kommen ihr dennoch sehr bekannt vor.

„Was ist los, wo steckst du die ganze Zeit?", dröhnt es plötzlich an ihr Ohr. „Hilf mir bitte, die CDs rauszusuchen. Ich kann die richtigen nicht finden. In der Küche brauchen sie auch Hilfe. Was ist? Du guckst so komisch." Langsam kommt sie zu sich. „Ja, ja, ich mach schon", antwortet sie und schaut an ihrem kurzen Partykleid herunter auf ihre lackierten Zehen. Sie dreht sich noch einmal um zu dem Gemälde an der Wand und bemerkt sofort, das Lächeln ist weg. Die Frau schaut ernst, aber ihre Augen gehen mit ihr mit, egal, wohin sie sich bewegt. Der Maler hat in das Gemälde auch die Seele dieser Frau mit eingebettet. Sie denkt an den Mann und spürt, sie vermisst ihn, auch wenn sie seine Nähe nur einen Augenblick in dieser endlosen Zeit spüren durfte. Sie war für einen winzigen Moment diese Frau. Anders konnte es nicht gewesen sein. Und so hallt seine Liebe auch in ihr nach, lange noch. Sie wusste jetzt, wie sie sich anfühlen muss, die Liebe. Mit einem dankbaren Lächeln sah sie die Frau auf dem Gemälde noch einmal an und sagte leise: „Danke". Da schrillt es schon wieder: „He, was machst du mit dem Löffel? Na ja, wenn er dir gefällt, kannst du ihn behalten. Den hat meine Großmutter als Kind mal irgendwo versteckt. Wir haben nur noch den einen. Die anderen sind alle irgendwie weg. Nimm ihn ruhig, ich hätte ihn sowieso bald entsorgt."

„Danke", sagt sie und weiß, dass sie ihn gut verwahren wird. Ein Löffel, nur ein Löffel, behutsam legt sie ihn in ihre Tasche und geht in die Küche.

Das Signal

W ie eine graue Schlange wand sich die schmale Straße den Hang hoch. Es war ein heißer Julitag kurz vor Mittag. Marlene blieb einen Moment stehen, atmete tief durch, um das stark klopfende Herz zu beruhigen. Bald hatte sie es geschafft. Sie konnte das rötliche Ziegeldach zwischen den grünen Baumkronen deutlich erkennen.

Sie wandte sich um und warf einen Blick zurück auf das Dorf unter ihr. Langgestreckt zog es sich am See dahin. Die Wasserfläche glitzerte und funkelte im Sonnenlicht. Boote schaukelten darauf in einer leichten Brise. Marlene konnte auch die Badeanstalt erkennen mit den Sonnenschirmen als farbige Punkte auf dem grünen Rasen. Auf der anderen Seite des Sees ragten die Berge wuchtig empor. Je nach Lichteinfall erschienen sie graublau.

Sie würde es vermissen. Ihr Heim, die einmalig schöne Landschaft, auch das Dorf. Alles. Dreißig Jahre waren Zeit genug gewesen, um Wurzeln zu schlagen. Jetzt würde sie diese Wurzeln lösen. Es musste sein. Wegen Kurt! Jäh verdüsterte sich ihr Blick.

Langsam setzte sie sich wieder in Bewegung. Bis übermorgen blieb ihr noch Zeit sich zu verabschieden von allem, was ihr lieb und teuer war.

Beim Haus angekommen, steckte sie den Haus-schlüssel ins Türschloss. Zögernd öffnete sie die Tür, horchte angestrengt. Es war still im Haus, dämmrig und wohltuend kühl nach der Gluthitze draußen.

Bevor sie ins Dorf gegangen war, hatte sie die Fensterläden geschlossen.

Sie trug ihre Einkäufe in die Küche, begann sie zu wegzuräumen. Lauschte dabei nach oben. Aber es blieb still. Vielleicht schlief Kurt? Sie stieg die Treppe hoch. Vor seinem Zimmer hielt sie inne. Horchte erneut. Kein Laut war zu hören. Vorsichtig öffnete sie die Tür. Angewidert betrachtete sie das ungemachte Bett, roch die abgestandene Luft. Er war nicht da. Erleichtert atmete sie auf.

Zurück in der Küche öffnete sie den Kühlschrank und musterte unschlüssig dessen Inhalt. Wohl oder übel musste sie etwas essen. Dabei hatte sie absolut keinen Hunger, wie stets in der letzten Zeit.

Marlene hatte den Appetitmangel Kurt zugeschrieben. Inzwischen wusste sie, es lag nicht nur an Kurt. Das Gespräch mit der Hausärztin gestern hatte ihr gut getan. Eindringlich hatte Frau Doktor Singer gesagt: „Nehmen Sie das Signal Ihres Körpers ernst. Schauen Sie jetzt endlich einmal für sich. Ihr Mann wird sich kaum mehr ändern. - Oder vielleicht wird er sich ändern, weil Sie endlich ernst machen?"

Die Ärztin hatte nur ausgesprochen, was ihr selber im Kopf herumging. Mehrere Male schon hatte sie einen Anlauf genommen, sich von Kurt zu trennen. Jedes Mal war sie wieder weich geworden. Er weinte, flehte, drohte. Und sie gab ihm nochmals eine Chance. Nach einiger Zeit war alles wieder beim Alten. Wenn er doch wenigstens professionelle Hilfe annehmen würde.

Unwillkürlich strich sie über die handtellergroße blaue Stelle an ihrem linken Oberarm. Sie begann sich gelblich zu verfärben, aber sie schmerzte noch beim Berühren. Und mehr noch litt ihre Seele.

Nein! Diesmal würde sie hart bleiben. Kurt konnte noch so betteln, flehen, den liebevollen Ehemann spielen. Nach der Operation würde sie nicht mehr zu ihm zurückkehren.

Energisch schüttelte sie den Kopf. Sie nahm einen Kochtopf hervor und füllte ihn mit Wasser. Dann stellte sie ihn auf die Herdplatte. Einen Pastasalat würde sie zubereiten. Das war das Richtige bei dieser Hitze. Thomi hatte ihn geliebt, ihren Pastasalat. Thomi lebte längst nicht mehr zu Hause. Nicht mal Weihnachten mochte er den Anblick seines Vaters ertragen.

Vorübergehend konnte sie bei Marlyse in der Stadt wohnen. Einen Koffer mit Sachen, die sie mitnehmen wollte, hatte sei bereits gepackt. Diesmal würde sie es durchziehen.

Etwas in ihr hatte sich verändert, hatte sich gewandelt. Die Diagnose hatte sie wachgerüttelt.

Marlene schrak zusammen. Mit einem lauten Knall war die Haustür ins Schloss gefallen. Der Atem stockte ihr. Sie verkrampfte sich unwillkürlich. Mit fahrigen Bewegungen schnitt sie weiter die Tomaten in kleine Würfel.

„Ist das Essen bald fertig?" Ohne Gruß stand Kurt unter der Küchentür.

„Es dauert noch etwas", erwiderte Marlene und versuchte ruhig und beherrscht zu sprechen. Sie streifte ihn mit einem hastigen Blick.

Er schien in guter Verfassung zu sein. Sie entspannte sich.

Sie ging in den Garten, schnitt einige Kräuter für den Salat. Die Pflanzen mussten unbedingt gegossen werden. Wehmütig ließ sie den Blick schweifen. Wenn sie nicht mehr da wäre, würde der Garten schnell verwildern. Kurt würde sich bestimmt nicht darum kümmern.

Schweigend saßen sie später beim Essen. Als sie fertig waren, half Kurt beim Abräumen. Das kam nur ganz selten vor.

„Wann musst du in die Klinik?" fragte er, während er das Geschirr in die Spüle stellte.

„Übermorgen", sagte sie. Sie presste die Lippen zusammen. Marlyse hatte gemeint, es sei am Besten, Kurt nicht zu sagen, dass sie ihn verlassen wolle. „Sonst klopft er dich wieder weich." Die Worte der Freundin klangen noch in ihren Ohren. Spürte, ahnte er etwas? Marlene war beunruhigt.

Kurt betastete mit schmerzverzogenem Gesicht sein Kreuz. „Heute ist es wieder mal schlimm", murmelte er. Marlene erwiderte nichts.

Sie hörte, wie er ins Wohnzimmer ging. Kurz darauf lief der Fernseher. Sie seufzte.

Ja, dieser Rücken. Hätte er nicht diesen schlimmen Unfall gehabt, damals vor zehn Jahren, wäre alles anders. Aber durch den Unfall wurde er teilinvalid, verlor seine Arbeitsstelle, flüchtete sich in den Alkohol.

Marlene fühlte sich wie zerrissen. Gerade war Kurt wieder ganz erträglich gewesen.

Es muss sein, dachte sie. Doch, es ist nötig. Schon heute Nacht kann er wieder ganz anders sein.

Sie wußte es doch. Sie brauchte jetzt ihre ganze Kraft, um diese Operation und die nachfolgenden Therapien zu überstehen. Ihr Körper hatte ihr ein Warnsignal gesendet. Sie musste es ernst nehmen.

Es hatte zwar immer mal wieder Momente gegeben, in denen sie gewünscht hatte, sie würde nicht mehr leben. Doch jetzt, da sie ernsthaft erkrankt war, merkte sie, wie sehr sie das Leben liebte. Trotz allem! Und sie wollte ihr erstes Enkelkind aufwachsen sehen.

Heiß wallte es in ihr hoch. Die Augen wurden feucht. Ruhig und tief atmen, befal sie sich. Sie trat hinaus in den Garten, holte die Gießkanne und begann die Blumenrabatte zu tränken. Geht doch, sagte sie zu sich. Du wirst es überleben.

Die erste Versuchung

Sein Haar ist heller, seine Figur schlanker, das Androgyne stärker, als ich es mir vorgestellt habe", dachte Antonia, als ihr Gustav beim Frühstückstisch vorgestellt wurde. „Diese blauen Augen, Kälte und Kraft, dieser Blick. Gott, der schaut ja durch jeden hindurch, schaut in Seelen."

Im ersten Gespräch stellte sich der Fremde als Schweizer vor. Er sei Kunstmaler. Er legte Arbeiten auf den Tisch. Juan sah sich die Mappe des Künstlers mit Skizzen über seinen letzten Stierkampf an, wo der Gast ihn das erste Mal gesehen hatte. Derweil der Besucher eine zurückhaltende Antonia mit seiner sensitiven Ader überraschte. Sie musste lachen, als er bemerkte, wie erstaunt er sei, dass sie sich mit Politik auseinandersetzte, wo doch sonst andalusische Frauen sich Herzensangelegenheiten zuwandten und die Dummheiten der Politik den Männern überließen.

Sie sei eben eine Frau, die die Lügen der Politiker mit Worten strafe, konterte sie.

„Sind Sie eine Rebellin?" Er sah Antonia mit stechendem Blick an, war sich sicher, dass er sie spätestens jetzt für sich gewonnen hatte.

Sie nickte und fügte hinzu: „Ich hätte das, was die Machos da draußen mit mir machen wollten, nicht ertragen. Darum bin ich gegangen. Ich kehre nur wegen Juan zeitweise aus Madrid zurück. Wir führen eine offene Beziehung."

„Was würde sie denn an diesem bürgerlichen Ort sein?", fragte sie sich stumm.

"Sie könnte immer nur seine Frau sein, trotz Studium und Karriere."

Ihr Ausdruck wurde wütender.

„Welche Farbe hat ihre Wut?", fragte Gustav.

Ehe sie antworten konnte, klingelte das Handy. „Die Redaktion will was von mir". Sie verschwand im Arbeitszimmer hinter dem Computer.

„Gustav, ich mag deine Skizzen. Wenn jetzt noch Farbe dazu kommt, kaufe ich dir eine ab. Schließlich brauchst du Geld. Ach, was ich noch sagen wollte. Wir fahren heute an die Tomatina in Bunol. Du kommst einfach mit, okay?"

„Er bestimmt immer über andere Menschen und kann nicht zuhören. Sein Charakterfehler!", rief Antonia aus dem Arbeitszimmer. „Ich muss den Artikel über den aufkommenden Terrorismus in Marokko beenden. Fahrt schon vor."

„Seit dem 11. September und dem Attentat in Casablanca haben die Menschen eine genauere Vorstellung vom Bösen, als von Gott", warf Juan in die Luft, als sie mit dem Sportwagen wegfuhren. Das hatte ihm Antonia gesagt, bevor sie für ihr Dossier über den Terrorismus auf Spurensuche in die Armenviertel Tangers gereist war.

Juan mochte ihre Arbeit. So stellte er nach Diskussionen mit ihr Bekanntes in Frage, dachte offener, gab in der Presse zur Vertuschung des Prestige-Umweltskandals durch die Regierung Kommentare ab. Das missfiel den Verantwortlichen im Stierkampfgewerbe, verschaffte ihm aber Respekt bei den Jungen.

Aber er zahlte auch einen Preis für seine Beziehung zu Antonia, der aufsteigenden Politjournalistin von El Pais. Der Preis hieß ‚Einsamkeit', klagte er Gustav. Sie sei oft auf Reportage, er zwischen März und Oktober im Land und später in Südamerika mit seiner Karriere als Stierkämpfer beschäftigt. Sie würden sich wenig sehen. Von einer richtigen Beziehung konnte kaum mehr gesprochen werden. Sie hätten sich versprochen, eigenständige Menschen zu bleiben, modern halt. Das hieße für ihn, ihr Herz immer von Neuem zu erobern, wenn sie sich wieder sahen. „Das ist aber schwieriger, als ich dachte", klagte Juan. „Manchmal habe ich das Gefühl, dass Frauen, die selbständig sind, Männer als Konsumgut ansehen. Sie nehmen uns, wenn sie uns gerade brauchen und lassen uns dann in der Schublade liegen bis zum nächsten Gebrauch. Passt mir eigentlich überhaupt nicht."

„Warum sagst du ihr das nicht?", fragte Gustav.

„Ach, vielleicht aus Angst, sie könnte Schluss machen. Bei meinem unsteten Berufsleben brauche ich aber jemanden, der für mich da ist. Zum Glück ist sie mir treu, auch wenn wir uns nicht sehen. Gegen die Sehnsucht des Körpers gibt es ja moderne Hilfsmittel. Weißt du was? Sie hat sich in ihrer Madrider Wohnung eine Webcam installiert und strippt für mich."

Beide lachten. Gustav verschwendete Gedanken an einen an sich spielenden Juan, verlor kurz seine Haltung, starrte auf die mächtige Beule in Juans Schritt. Ein würzig-männlicher Geruch drang ihm in die Nase und sein Leib hungerte nach Liebe.

Doch noch verlangte seine Phantasie Geduld.

Ein Gebrüll von 4000 Besuchern erwartete die beiden Männer in Bunol.

„Siehst du die Tomaten auf dem Lastwagen? Das sind 120 Tonnen, bereit für die Schlacht." Eine Lachsalve Juans hallte durch die Gasse. Sofort stürzten sich Passanten auf ihn, fragten nach seinem nächsten Stierkampf. Gustav hielt sich abseits, staunte über die Fans, erkannte zum ersten Mal, dass der Matador ganz dem Volk gehörte, seine Seele, sein Leib.

„Tomaten, wir wollen Tomaten!", erklang der Schlachtruf der Bewohner Bunols, als die zwei auf die Menschenmenge zugingen.

„Das ist eine Tradition, die vor fünfzig Jahren begonnen hat, als ein Streit zwischen Teilnehmern einer Prozession zu Ehren des Stadtpatrons in ein Handgemenge auf dem Marktplatz endete. Die Dorfbewohner bewarfen sich anschließend mit Tomaten. Seither ist das gemüsige Spektakel Teil des Stadtfestes", klärte Juan seinen Gast auf und legte eine Hand auf seine Schulter.

„Jetzt sind wir Freunde", dachte Gustav und errötete. Ein Hauch von Wärme breitete sich in seinem Bauch aus.

„Die Schlacht wird eine riesige Sauerei, wirst sehen."

Es war kurz vor zwölf Uhr, Antonia war eben eingetroffen, da schoss eine Rakete in den Himmel und gab das Zeichen ‚Feuer frei'. Die Schlacht begann. Wie Wilde schleuderte die Menge die roten Früchte aufeinander. Die Dorfbewohner gossen von den Balkonen Wasser auf das Gefecht.

Bald suhlten sich Juan, Antonia und die Menge in einer Orgie in Rot. Antonia kreischte wie ein kleines Mädchen, als sie eine Tomate am Po traf und Juan ihre Bluse rot einfärbte. Da tauchte Gustav von hinten auf. In arger Hemmungslosigkeit zerdrückte Juan dem bereits Verunstalteten seine Hand aufs Haupt. Die rote Brühe floss über seine Locken. Noch ehe er das Fruchtfleisch aus seinen Augen entfernen konnte, startete Antonia einen Angriff. Juan packte ihn an den Jeans, wollte ihn von ihr wegziehen, doch Gustav rutschte, fiel und Juan hinterher. Zwei rote Männerkörper in der Gosse. Unter dem schlüpfrigen Stoff ihr Herzklopfen. Das warme Blut schoss durch die Gefäße. Ihr Atem ein Keuchen, Unfassbares hüllte sie ein.

Ungeachtet der tobenden Menge um sie waren sie in einen Raum der Abwesenheit eingetaucht. Beide spürten, wie ihre Körper der gegenseitige Anblick reizte, wie tief im Inneren die Lust aufzuckte, sie das Ein- und Ausatmen des anderen tiefer hinunterzog. Juan senkte seinen Kopf, Gustav öffnete seine Lippen. „Mein Gott, nein!", schrie Antonia.

Eine Rakete schoss in den Himmel und signalisierte den Waffenstillstand. Der Tomatenkrieg war vorüber. Noch immer lagen die beiden Männer aufeinander. Jemand sagte: „Marietas!", und spuckte auf den roten Boden. Juan zuckte zusammen. Er fürchtete sich immer vor diesem Wort. Jetzt hatte es jemand ausgesprochen.

„Nun bringen sie mir alle Dinge um, die ich liebe", schoss es ihm durch den Kopf, als er sich aufrichtete und die Augen den Menschen suchten, der dieses

Wort ausgesprochen hatte. Er wollte mit ihm kämpfen, ihn anbrüllen, seine Männlichkeit mit Worten und Fäusten wieder herstellen. Er hat ihn nicht gefunden. Er ließ Gustav und Antonia stehen und lief unter dem Gelächter der Passanten davon.

Mo und das Recht auf Leben

Sie nahm ihre Tasche, setzte eine Kappe und ihre Sonnenbrille auf und ging an den Strand. Ach, wie schön könnte doch alles sein, wenn Sam und Klein-Sammy hier wären! Die Traurigkeit übermannte sie. Sie setzte sich unter die große Palme, die am Fuß eines Hügels stand, holte ihr Tagebuch heraus und las zum tausendsten Mal die Worte, die sie über die schwierigste Zeit ihres Lebens aufgezeichnet hatte.

Eine Hand hielt ihr eine Zigarette hin. Sie nahm sie und inhalierte tief.

„Danke" Der Fremde setzte sich neben sie.

„Ist es so schlimm?"

„Es kann nichts Schlimmeres im Leben geben."

„Willst du darüber reden?"

„Nein."

„Ich heiße Marlon."

„Ich bin Mo."

„Ich möchte mich nicht aufdrängen."

„Ich weiß."

„Ich bin da, wenn du mich brauchst."

„Lies das!" forderte sie Marlon auf, gab ihm ihre Aufzeichnungen und wunderte sich über sich selbst. Sie kannte diesen Mann gerade so lange wie sie brauchte, um eine Zigarette zu rauchen, und vertraute ihm wie einem langjährigen Freund. Ohne sich noch einmal umzudrehen, ging sie zum Hotel zurück.

Marlon las ihr Buch. Auf der ersten Seite war ein Sterbebild eingeklebt. Es zeigte einen kleinen Misch-lingsjungen. Darunter stand:

Sammy wurde sinnlos aus unserem Leben gerissen.

Ich bin so wütend. So zornig. So voller Hass. In mir schreit alles nach Rache. Ich möchte den Mörder genauso bestialisch quälen und dann eigenhändig aufhängen. Genauso quälen, wie er Sammy gequält hat. Dann sitze ich gern für den Rest meines Lebens im Knast. Schade, dass es bei uns keine Todesstrafe mehr gibt. Sie könnten mich erschießen oder auf den elektrischen Stuhl schnallen oder was immer auch. Dann könnte ich endlich bei ihm sein. Es würde nicht mehr so verdammt weh tun.

Du, Sam, sagst, ich soll verzeihen.

Wie denn? Warum denn? Der Kerl ist Dreck, Abschaum. Man sollte ihn stunden- nein, tagelang foltern, ihn nicht mehr schlafen lassen, ihn mit Messern traktieren, Zigaretten auf seinen Genitalien ausdrücken, ihm ohne Betäubung einen Zahn nach dem anderen ziehen. Ganze Seiten kann ich Dir aufzählen. Ich spüre einen Sadismus in mir, den ich nicht für möglich gehalten hätte.

Du, Sam, sagst, ich soll Gott um Hilfe bitten.

Ich kann nicht. Gott war auch nicht da, als Sammy Hilfe gebraucht hätte. Er war doch noch ein Kind. Ein kleines, unschuldiges Kind. So unschuldig. So vertrauensvoll. So voller Glauben an Gott und die Liebe.

Du, Sam, sagst, ich soll mir nicht die Schuld geben.

Aber ich war nicht da. Nicht für ihn da. Es war meine Pflicht, mit ihm zum Spielplatz zu gehen. Ich habe ihn allein gelassen. Nur, weil ich meine Ruhe haben wollte. Ich hätte ihn früher abholen sollen. Ich habe zu spät nach ihm gesucht. Es ist unerträglich für mich. Ich sehe seine Augen, die Angst in ihnen. Ich höre seine Schreie, den Schmerz in ihnen. Ich fühle seine Qualen, unermessliche Qualen.

Du, Sam, sagst, ich soll den Mann verstehen.

Ich kann es nicht. Ich werde ihn nie verstehen. Mir ist es vollkommen egal, welche Kindheit er hatte. Scheißegal. Es ist so einfach, immer nur die Kindheit für alles verantwortlich zu machen, sich darauf auszuruhen, um nicht an sich arbeiten zu müssen. Geschissen auf seine Kindheit. Wie viel Kindheit haben andere denn? Wie viel Kindheit hatte Sammy? Nicht einmal sechs Jahre.

Du, Sam, sagst, ich soll den Verbrecher lieben.

Ich hasse ihn. Ich hasse ihn. Ich hasse ihn. Und sollte er raus kommen, bring ich ihn um, und zwar bestialisch. Das verspreche ich Dir.

Du, Sam, sagst, ich soll leben.
Ich habe keine Kraft mehr.

Danach waren Zeitungsausschnitte eingeklebt: ‚Kleiner Mischlingsjunge brutal ermordet!' ‚In Berlin wurde gestern Abend ein sechsjähriges Kind tot aufgefunden.' ‚Grausam! Sechsjähriger Junge brutal misshandelt und erwürgt! '

Marlon konnte sich noch an die Sache erinnern. Er war damals betroffen gewesen, wie alle anderen, aber die Sensationsmeldungen in den Zeitungen wechselten so häufig. Wer dachte da schon länger über eine Sache nach? Ohnmächtige Wut stieg in ihm hoch. Ja, er konnte Mo sehr gut verstehen! Und falls sie ihn darum bat, dieses Schwein umzubringen, würde er es ohne Zögern tun. Er warf das Buch gegen den kleinen Felsen, der hinter ihm lag, und weinte. Er weinte um Sammy, um Sam, um Mo, um alle Kinder dieser Welt. Und um sich. Er würde nie Kinder haben können.

Mo kam erst spät in der Nacht zurück. Sie wusste, sie würde sich nicht beherrschen können, wenn sie Marlon sah. Sie würde die Fassungslosigkeit in seinem Gesicht lesen. Und schreien. Schreien, bis sie umfiel. Wenn sie dann wenigstens gehen könnte! Wenn sie endlich zu Sammy dürfte! Sie weinte sich in den Schlaf.

Obwohl der Tag noch nicht angebrochen war, wartete Marlon am kleinen Felsen auf sie. Sie setzte sich wortlos auf seinen Schoß.

Er hielt sie fest umschlungen und wiegte sie in seinen Armen.

„Würdest du mir einen Gefallen tun?" fragte sie.

„Jeden, bloß diesen nicht. Du kannst noch nicht gehen. Du hast noch zu lernen."

„Ja, es wäre zu einfach für mich."

Sie betrachtete den Sonnenaufgang.

„Sammy wird ihn nie wieder erleben. Nie wieder. Das ist nicht gerecht. Warum nicht ich? Ich habe schon gelebt. Aber er nicht. Was hat er denn schon von der Welt gesehen?" Ihre Stimme war voller Wehmut.

„Er ist geliebt worden. Sein kurzes Leben lang. Nur geliebt. Was kann ein Mensch sich mehr wünschen?"

„Und das Leid, das ihm zugefügt wurde?"

„Es war kurz."

„Schon eine Sekunde ist zu lang."

„Ja."

„Ich hatte meinen Glauben verloren."

„Ja."

„Ich war bereit, zu töten."

„Wer wäre das nicht?"

„Oh ja, und wie bereit ich war! Bis ich von einer Freundin ein Buch bekam. Es ist aus der Serie 'Ich klage an' und es handelt von der Todesstrafe. Amerika. Zwei Fälle. Zwei Kinder. Beide sechzehn Jahre alt. Hingerichtet. Da sah ich es ein. Niemand, aber auch wirklich gar niemand, hat das Recht zu töten, weder du noch ich noch ein Staat. Und dennoch nimmt sich eine Jury, ein Richter, ein Komitee sich das Recht dazu. Es ist erschütternd!

Sie untersuchen dich vor der Hinrichtung, ob du auch gesund genug bist zu sterben! Welch ein Hohn! All das sinnlose Morden, legalisiertes Morden!"

Sie stockte und sah ihn an: "Marlon, wohin gehen wir denn? Ständig wird uns der Holocaust als Mahnung im Gedächtnis bleiben. Was haben wir daraus gelernt? Nichts. Auf der ganzen Welt wird gefoltert und getötet. Egal, ob unschuldig oder nicht. Sie nehmen dir das Leben weg. Sie hinterfragen nicht. Sie treiben dich blind in den Tod. Und uns alle in den Wahnsinn.

Sie verachten dich. Eine gute Freundin sagte mir einmal, dass die Verachtung, die du für einen anderen empfindest, die Verachtung für dich selbst ist. Das ist so wahr. Liebe deinen Nächsten wie dich selbst! Wer sich selbst lieben kann, wird nicht fähig sein, zu verachten, ganz egal, was passiert.

Ich fand langsam, sehr langsam zu dieser Liebe zurück. Noch nicht ganz, wenn ich ehrlich sein soll. Zweifel kommen immer wieder hoch. Dabei ist diese Liebe von Anfang an in jedem Menschen, von Gott geschenkt. Jedes Baby liebt. Grenzenlos. Vertrauensvoll. Und was tun wir? Wir lassen uns umerziehen und geben es an unsere eigenen Kinder weiter. Regeln, Sitten, Gebräuche, Gesetze bestimmen dich. Du hast gar keine Zeit mehr, auf die Liebe in dir zu hören. Bis du dich schließlich nicht mehr traust, sie zu spüren. Es könnte ja gar zu schön sein! Das habe ich nicht verdient!

Erst heute Nacht habe ich mir wieder gewünscht, sterben zu dürfen.

Dabei rede ich mir immer ein, dass ich zu Sammy will. Das ist aber gelogen. Ich will nur nicht mehr leiden. Ich könnte nie Selbstmord im klassischen Sinn begehen, weil das in meinen Augen feige ist. Es ist ein Davonlaufen vor dem Leben, vor den Schwierigkeiten. Doch machen wir es nicht genau so, wenn wir rauchen, indem wir uns langsam mit Nikotin vergiften?"

Mit zittriger Hand griff sie nach der Zigarette, die er sich angezündet hatte.

„Eine gute Frage." Marlon zuckte resignierend mit den Schultern. „Ich weiß nicht genau ... "

Er schob sie sanft von sich weg und stand auf. Er zog sie hoch, nahm sie bei der Hand. Gemeinsam liefen sie zum Wasser. Sie spritzten sich gegenseitig an. Sie tobten und freuten sich wie kleine Kinder und kehrten bis auf die Haut durchnässt zum Hotel zurück. Vor ihrer Zimmertür drehte sich Mo zu ihm um: „Ich reise morgen früh ab."

Er nahm ihre Hand, küsste zart ihre Innenseite und murmelte: „Ich werde dich nie vergessen." Mo errötete, entzog sich ihm und schloss leise die Türe.

Das Weihnachtsgeheimnis

Der leichte Schneefall begleitete mich bereits seit meinem Aufbruch am Morgen. Mit Schneeschuhen stapfte ich den jetzt unsichtbaren Trail entlang. Dabei hielt ich mich dicht hinter dem Hundegespann. Endlich ging mein größter Wunsch in Erfüllung: Ich durfte die Pelztierfallen meines Vaters allein kontrollieren! Bis auf eine, hatte ich alle Fallen geleert und ließ die Hunde laufen. Dass es hier Schlafhöhlen der Grizzlybären gab, beunruhigte mich nicht. Von meinem Vater hatte ich gelernt, dass die Bären während ihres Winterschlafes ungefährlich waren. Man sollte sie nur in Ruhe schlafen lassen.

Plötzlich sah ich vor mir einen schwachen Lichtschein, hörte Musik und schnupperte Rauch. Irritiert sah ich, woher alles kam: aus einer Bärenhöhle! Vorsichtig schlich ich mich näher.

„Aha! Du willst was senden! Na, was denn?"

„So, so. Fehlermeldung in KERNEL 36 und 38! Willst du denen ein Kärtchen schreiben?"

„Fehler! Error! Immer willst du mich bevormunden!"

„Nein, nein, nein! Du darfst nicht senden!"

Undefinierbare Grunzlaute, Lachen und leises Brummen ergaben zusammen mit der Melodie von „Rockin' around the Christmas Tree" eine seltsame Klangmischung.

„Oh thank God it's Christmas... Ach ich kann mir den Text nicht merken. Wen stört es? Die schlafen doch alle. Haben die das gut!

Ich bin auch ganz schläfrig, aber einer muss die Arbeit ja machen."

„Blink! Blink! Blink! ERROR!"

„Ha! Nur Kritik von dir. Niemals: Hast du gut gemacht! Ein eleganter Gedankengang! Superlösung! Ach was, in Zukunft rede ich einfach nicht mehr mit dir. Computer an sich sind doch blöd! Ohne mich bist du sowieso aufgeschmissen!"

Wütendes Tastengehämmer folgte. Die rockigen Weihnachtsweisen dudelten im Hintergrund.

Magisch angezogen, schlich ich vorsichtig näher. Da war doch tatsächlich ein Fenster! Leise wischte ich ein kleines Guckloch frei. Habt ihr schon einmal einen Schock bekommen? Ich meine, wart ihr schon mal so vollständig verblüfft, dass es euch die Sprache verschlug? Wenn ja, könnt ihr euch eine leise Vorstellung davon machen, wie es mir erging. Wenn nein, na dann !

Das Bild, das sich mir bot war unglaublich! Das konnte, ja das durfte es nicht geben! Vor dem Monitor eines Computers saß, ein Teeglas haltend, leise vor sich hinbrummelnd: EIN GRIZZLYBÄR!!! Vor Verblüffung verlor ich das Gleichgewicht und fiel rückwärts. Die Tür wurde aufgerissen! Lautes Brummen ertönte. Vor Schreck wurde ich ganz starr. Dann blickte ein freundliches Bärengesicht auf mich herab.

„Äh, Hallo! Ich, ich bin, ja also ich bin hier vorbeigekommen und sah Licht." Mein Gott, wie dämlich sich das anhörte! Wie redet man mit Grizzlys?

„Ja und nun siehst du mich!" Eine tiefe Stimme kam aus dem Bären. Warum konnte der reden?

„Da du mich nun mal entdeckt hast, können wir doch genauso gut hineingehen. Drinnen ist es gemütlicher. Komm, hab keine Angst vor mir." Der Grizzly half mir wieder auf die Beine und führte mich in seine Höhle. Wie im Traum folgte ich ihm. Drinnen umfing mich angenehme Wärme, die von einem Elektroofen und einem prasselnden Kaminfeuer ausging.

Die Höhle mit ihrer Wandverkleidung aus Holz, war sehr gemütlich eingerichtet. Wenn es stimmt, dass ein Haus etwas vom Charakter seines Bewohners verrät, musste dieser Bär einem schottischen Clan entstammen. Wohin ich auch blickte: schottische Tartanmuster! Ob Sessel, Sofas, Kissen oder Tischdecke, alles war rotkariert. Ein riesengroßer Esstisch stand in der Mitte des Raumes. An den Wänden waren übervolle Bücherregale angebracht.

Auf einem Kieferholzschreibtisch befanden sich Flachbildmonitor, Webcam, Tastatur, Maus, Drucker und Scanner. Alles wie auf dem Schreibtisch eines sehr beschäftigten Menschen. Die Betonung liegt auf: Menschen! Das Irritierende war, dass der Schreibtisch einem BÄREN gehörte. Das passte in meiner Vorstellung nicht zusammen.

„Nun zieh' mal deine dicken Sachen aus und setz dich. Ich hole dir ein Glas Adventstee, dann taust du gleich wieder auf." Leise brummend tappte er in die Küche.

Ich konnte es noch immer nicht richtig fassen. Hier saß ich gemütlich zwischen weichen Kissen in einer Bärenhöhle! Jetzt wartete ich wie ein Trottel darauf, dass mir ein Bär den Tee servierte! Träumte ich? Ich kniff mich in die Wange. Au! Ich musste also wach sein!

„Hier ist dein Tee. Möchtest du Zimtsterne? Ich esse am liebsten die Honigkuchen. Du verstehst warum?"

„Ja, ich schätze mal, weil Sie, eh du ein Bär bist?" Unsicher, wie er reagieren würde, sah ich ihn an.

„Natürlich, weil ich ein Bär bin!"

Ich sah ihn mir genauer an. Er trug ein rotkariertes Hemd mit passender Hose. Das sah zusammen für mich eher wie ein Schlafanzug aus. „Übrigens schicker Anzug, den du da an hast. Passt irgendwie gut zur Einrichtung." Kann man sich blöder anschleimen? Egal, etwas musste ich ja zu ihm sagen.

„Oh, danke. Findest du? Den trage ich nur im Haus. Ich meine, dass das Muster mich etwas, na ja eben breiter macht. Für draußen habe ich andere Sachen." Na, wie die aussehen, konnte ich mir schon denken. Schottenkaro!

„Weißt du, ich hatte noch nie einen Besucher hier bei mir. Das ist uns nämlich streng verboten. Nun bin ich so aufgeregt." Er kraulte sich verlegen hinterm Ohr.

„Und ich war noch nie bei einem Bären in seiner Höhle. Wobei das Wort Höhle hierfür ja wohl nicht zutrifft. Das ist ein echt gemütliches Haus." Ich wollte ihm etwas Nettes sagen.

„Dies ist wohl die erste Begegnung zwischen Mensch und Weihnachtsbär.

Ich bin kein normaler Grizzly, sondern gehöre zu den unbekannten Sonderbären. Ich freue mich, endlich einen Menschen kennen zu lernen. Ich bin übrigens Bob, der Weihnachtsbär Nummer 18. Wir sind alle nummeriert."

„Mein Name ist Little Beaver. Ich bin ein Tlingit-Indianer"

Bob versank in einem Kissenberg. Es war kaum zu erkennen, wo der Bär aufhörte und die Kissen begannen. Dieses rotkarierte Wunder begann also mit der Erzählung seiner unglaublichen Geschichte. Bedingt durch die Wärme des Raumes und des köstlichen Tees, sah ich die Welt, die mich umgab, im rötlichen Schein der Schottenkaros verschwimmen. Es war wie im Traum.

„Wie du weißt, glauben die Menschen, dass der Weihnachtsmann zur Bescherung die Geschenke bringt. Der Weihnachtsmann ist für alle ein netter älterer Herr mit weißem Bart, einem langen roten Mantel mit großer Kapuze sowie hohen Stiefeln. Diese Verkleidung ist nötig, weil, na du rätst es vielleicht, ein Weihnachtsbär dahinter steckt.

Aus den Überlieferungen der Schamanen deines Stammes hast du bestimmt gehört, dass Bären Menschen sind, die diese Gestalt angenommen haben. Sie beschützen die natürliche Umgebung, die Wälder, Berge, Seen und Flüsse. Dafür verehren eure Leute die Bären. Wenn sie aus Hunger einen jagen müssen, bringen sie seiner Seele ein Opfer. So ist alles ausgewogen und jeder nutzt dem anderen.

In den skandinavischen Wäldern hatten einige Braunbären vor langer Zeit die Idee, den Menschen zu Weihnachten eine Freude zu bereiten. Angeregt wurden sie durch die Weihnachtsgeschichte, die sie aus den Kirchen vernommen hatten. Damit die Menschen sie nicht als Bären erkennen konnten, verkleideten sie sich. Vor einem Bären hätte jeder sicherlich gleich Reißaus genommen. So entstand die Geschichte vom Weihnachtsmann.

Im Laufe der Zeit entwickelten wir eine richtige Organisation. Heute sind wir eine Weltgesellschaft der Weihnachtsbären. Wir gehen mit der Zeit. Haben Computer mit Internetanschlüssen und all die neuen Kommunikationsmittel, die man so braucht, um eine große Organisation zu führen.

Unser Ober-Weihnachtsbär wohnt in Schweden. Er heißt Erik. Genannt wird er unter uns aber nur der rote Erik, da er ein schönes, rötlich braunes Fell hat. Für einen Braunbären hat er eine stattliche Größe. An einen Grizzly kommt er natürlich nicht heran. Aber er sagt immer, nicht auf die Größe, sondern auf das kluge Köpfchen kommt es an. Und das hat er zweifellos.

Wenn die jungen Sonderbären alt genug sind, schicken ihre Mütter sie zur Verwandlung. Diese erfolgt durch erfahrene, ältere Weihnachtsbären. Nach der Verwandlung erhalten sie das Weihnachtsbärendiplom, Dienstabzeichen, eine Nummer sowie ihr Kostüm. Dann dürfen sie mit einem Rentierschlittengespann die Geschenke ausliefern.

Es gibt strenge Regeln für uns. Oberstes Gebot: Kein Menschenkontakt ohne Kostüm! Sollte sich dieser einmal nicht vermeiden lassen, müssen wir die Erinnerung löschen. Na, das machen wir später. Komm mal mit, ich zeige dir meine Kollegen. Vorstellen kann ich sie nicht, da sie noch bis morgen schlafen."

Mann, war das eine Geschichte! Mein Kopf schwirrte von all den unglaublichen Dingen. Nur die Bemerkung, das machen wir später, verursachte mir ein mulmiges Gefühl. Ich folgte Bob durch einen langen, abwärts führenden Gang. Je weiter wir kamen, desto lauter wurde ein sägendes, brummendes Geräusch. Schnarchen! Lautes Bärenschnarchen!

Bob öffnete leise eine Tür und schob mich in das Zimmer. Ein imposantes Bild: Zwei Reihen Betten mit schnarchenden Bären! Alle waren mit, natürlich rotkarierten, Bettdecken zugedeckt.

„Ich bin beeindruckt Bob!" Wir gingen zurück. Dabei blieben wir vor einer Tür stehen mit dem Schild: ‚Das Bärenpackteam! Wir erfüllen alle Wünsche!'

Er öffnete die Tür und HipHop Musik umflutete unsere Ohren. Genau das Richtige für mein jugendliches Gehör. Nur Bob verzog sein Gesicht. An den Seiten standen große Tische, gedeckt mit Tellern voller lecker duftender Zimtsterne, Honigkuchen sowie großen Kannen Adventstee.

An einem langen Tisch saßen kauend zwanzig junge Bären vor unzähligen Geschenkpackungen. Die Youngster brummten Bob nur ein kurzes „Hi Bob!" zu und ließen sich beim Verpacken nicht stören.

Bob konnte sich ein ‚Aber nicht krümeln oder kleckern!' nicht verkneifen. Das kümmerte sie jedoch nicht im Mindesten. Es war beeindruckend. Ich kam mir vor wie in einem riesigen Geschenkparadies! Doch Bob entführte mich daraus. Schade!

„Leider muss ich jetzt mit den Lieferlisten weiter- machen. Ich habe bis morgen Abend noch viel zu tun. Zur Bescherung müssen meine Kollegen und ich doch pünktlich sein."

„Ja, natürlich Bob, das verstehe ich. Vielen Dank für deine Erzählung und alles sonst. Es ist echt bärenstark bei euch! Am liebsten würde ich hier bleiben und dir helfen. Mit Computern kenne ich mich gut aus. Aber die Hunde warten draußen und meine Eltern machen sich bestimmt schon Sorgen."

Bob begleitete mich zum Schlitten und half mir aufzusteigen. „Also Little Beaver, jetzt kommt der unerfreuliche Teil unserer Begegnung. Das Geheimnis muss gewahrt bleiben. Wenn nicht, werde ich rück- verwandelt in einen normalen Grizzly. Man entzieht mir Lizenz und meine Dienstnummer. Das wäre das Schlimmste, was einem Weihnachtsbären passieren kann.

Was ich jetzt mache, tut dir nicht weh. Danach wirst du dich an nichts mehr erinnern können." Behutsam legte er mir eine Tatze auf den Kopf, beugte sich herab, sah mir tief in die Augen und ließ sein Dienst- abzeichen pendeln.

Dann erwachte ich in meinem Bett. Tagsüber musste ich immer wieder an meinen ‚Traum' denken. So verging die Wartezeit schnell.

Endlich Weihnachtsmorgen! Mit einem Sprung war ich aus dem Bett und rannte ins Wohnzimmer zum Kamin. Dort griff ich meine prallgefüllte Socke und nahm die Geschenke heraus. Sicherheitshalber schüttelte ich sie nochmals. Da fiel mit einem leisen Klingeling ein grünes Abzeichen heraus: Bob/ No. 18.

War doch nicht alles nur ein Traum?

Falscher Verdacht

In den hinteren Räumen der kleinen Bankfiliale ging die Abschiedsfeier für Alexander Richter zu Ende. Auf diesen Tag hatte er lange gewartet. Seine Kollegen schlugen ihm zum Abschied wohlwollend auf die Schulter. Seine Kollegin Karin nahm ihn in den Arm. Heimlich wischte sie sich eine Träne aus den Augen. Seit fünfundzwanzig Jahren arbeitete sie mit ihm in dieser Bank. Karin war kurze Zeit nach ihm eingestellt worden. Er ging noch ein letztes Mal durch alle Räume und warf einen traurigen Blick auf seinen Schreibtisch. In seinem Magen rebellierte es, und er verspürte eine leichte Übelkeit. Ob es vom Sekt kam oder von der Erkenntnis, dass das hier das Ende eines langen Arbeitslebens bedeutete, wusste er nicht. Noch nicht. Er verließ auf dem schnellsten Weg die Bank, bevor er sentimental wurde.

Das war im Sommer. Inzwischen war es Winter geworden, aber nur auf dem Kalender. Draußen schien die Sonne bei fast 15 Grad. Alexander saß mit seiner Frau Klara beim Frühstück.

„Was hast du heute vor?", fragte sie.

„Ich weiß es nicht genau", antwortete er. „Vielleicht mache ich einen Stadtbummel. Da kann ich gleich ein paar Weihnachtsgeschenke einkaufen." Klara lachte.

„Kauf nicht zu viel. Es gibt nur Kleinigkeiten. Wir sind alle erwachsen." Alexander nickte. Er hatte das mit dem Stadtbummel nur so dahin gesagt, weil er wieder einmal nicht wusste, was er unternehmen sollte.

Er fuhr fast jeden Tag in die Stadt und lief ziellos umher. Was sollte er auch sonst tun. Anfangs hatte er Klara im Haushalt geholfen oder Einkäufe gemacht. Aber das füllte ihn nicht aus. Er hatte sich das Rentnerleben anders vorgestellt. Lebhafter, voller Elan. Aber Elan wofür? Vielleicht für Reisen oder Theaterbesuche? Er hatte es schon öfter vorgeschlagen. Doch Klara hatte keine Lust dazu. Zu Hause fühlte Alexander sich überflüssig. Bei seiner Frau war das etwas anderes. Sie ging in ihrem Haushalt auf, schwätzte mit der Nachbarin oder telefonierte mit den Töchtern. Er wusste, dass sich irgendetwas ändern müsste. Er nörgelte nur noch herum, und Klara ärgerte sich darüber. „Ich kann dich irgendwie verstehen, aber lass deine schlechte Laune nicht an mir aus", meinte sie erbost. Er nahm sich zusammen und redete kaum noch mit ihr. Der Haussegen hing schief.

Es war kurz vor Weihnachten. Der Winter kam über Nacht und brachte eisige Kälte mit sich. Alexander schlenderte durch die vorweihnachtlichen, geschmückten Einkaufspassagen. Hier und dort gab es einen Stand, an dem Glühwein verkauft wurde. Plötzlich hörte er jemanden seinen Namen rufen. Erstaunt drehte er sich um und blickte seiner ehemaligen Kollegin Karin ins Gesicht. Die Wiedersehensfreude war groß. Alexander lud Karin auf einen Glühwein ein. Er erfuhr, dass auch Karin inzwischen die Bank verlassen und noch einmal geheiratet hatte. Dass sie sich das traute nach ihrer Scheidung vor einigen Jahren, erstaunte ihn.

„Nun schau mich nicht so an", meinte sie lachend.

„Mir geht es gut. Ich bin glücklich."

„Entschuldige, ich freue mich für dich. Es kam nur so überraschend", sagte er ehrlich. „Aber du hast ja Recht. Zu zweit lebt es sich besser." Karin nickte zustimmend.

„Und du? Bist du zufrieden?", fragte sie. Er machte ein Gesicht, als hätte er auf eine Zitrone gebissen. „So schlimm", lachte sie.

„Schlimmer", antwortete er. „Es dauert nicht mehr lange und Klara erteilt mir Hausverbot. Ich nerve sie ganz schön." Karin musterte ihn schweigend, hob ihr Glas und prostete ihm zu. Er sah noch verdammt gut aus mit seinen graumelierten, vollen Haaren und den wachen, blauen Augen. Er war groß und schlank. Ein toller Mann. „Ich muss jetzt gehen", sagte sie. „Komm doch einfach mit. Georg, mein Mann, hat ganz in der Nähe einen kleinen Buchladen. Da kannst du ihn gleich kennen lernen."

„Ich weiß nicht. Eigentlich müsste ich nach Hause. Klara wird schon auf mich warten."

„Es dauert nur ein paar Minuten. Nimm doch die nächste Bahn", sagte Karin überschwänglich. Alexander ließ sich überreden. Er wollte Karin nicht vor den Kopf stoßen. Sie hakte sich bei ihm unter, und langsam gingen sie die Straße entlang bis zu dem Laden. Sie sahen nicht die Frau, die hinter einer Säule stand und ihnen mit tränenverschleiertem Blick nachschaute.

Klara wandte sich enttäuscht ab. Sie erwischte gerade noch die Bahn, mit der sie wieder nach Hause fuhr. Deshalb treibt er sich ständig in der Stadt herum.

Er hat eine andere gefunden, dachte sie aufgebracht. Dabei liefen ihr die Tränen über das Gesicht. Klara hatte die Frau nur von hinten gesehen. Sie konnte sie nicht erkennen. Es war Jahre her, als ihr Karin einmal vorgestellt wurde. Zuhause packte Klara entschlossen einen kleinen Koffer und rief ihre Tochter Sara an. Sie erzählte mit knappen Worten, was sie gesehen hatte. Die konnte es kaum glauben. Aber sie war einverstanden, dass ihre Mutter erst einmal zu ihr kam. Klara bestellte sich ein Taxi. Sie sah ihren Mann gerade noch die Straße herauf kommen.

Er öffnete die Haustür und rief nach ihr. „Klara, wo bist du?" Er wunderte sich. Es war noch nie vorgekommen, dass seine Frau abends nicht zu Hause war. Jetzt machte er sich Sorgen. In der Küche auf dem Tisch lag ein Zettel. Er verstand die Worte nicht, die darauf standen.

„Ich mache dir den Weg frei." Was hatte das zu bedeuten? Er nahm sein Handy und rief seine Tochter an. Sie wohnte nicht weit entfernt. Klara konnte nur zu ihr gefahren sein. Sara verhielt sich freundlich, aber zurückhaltend. Sie wollte sich vorläufig nicht in die Angelegenheit ihrer Eltern einmischen.

„Was ist denn nur los?", wollte er aufgeregt wissen.

„Wenn du es nicht weißt", sagte seine Tochter nur. „Ja, seid ihr denn alle verrückt geworden? Gib mir deine Mutter!"

„Sie will nicht."

„Dann komme ich."

„Bitte, Papa, lass ihr etwas Zeit. Sie meldet sich bei dir", sagte Sara und legte den Hörer auf.

Eine halbe Stunde raste Alexander wie ein wild gewordenes Tier in der Wohnung hin und her. Dann hielt er es nicht mehr aus. „Das lasse ich mir nicht bieten", schimpfte er.

Wütend zog er seinen Mantel an, fuhr den Wagen aus der Garage und machte sich auf den Weg zu seiner Tochter. Mutter und Tochter hatten ihn schon erwartet. Klara kannte ihren Mann nur zu gut. Sie hatte ein verheultes Gesicht, als er eintrat.

„Was ist passiert? Bitte, kläre mich auf", sagte Alexander ahnungslos. Jetzt weinte Klara wieder.

„Meinst du, ich wüsste nicht, wo du jeden Tag hingehst? Du hast eine Freundin. Seit Tagen redest du nicht mit mir. Ich bin dir wohl nicht mehr gut genug!"

Schweigend hörte er ihr zu. „Wie kommst du darauf, so etwas zu behaupten?", fragte er entsetzt. Klara erzählte, dass sie ihn mit dieser Frau gesehen hatte. Erleichtert fing er an zu lachen. Er zog Klara in seine Arme, obwohl sie sich ihm entziehen wollte.

„Du bleibst jetzt hier, du Schäfchen. Was denkst du dir eigentlich? Die einzige Frau auf dieser Welt, die ich liebe, bist du." Nachdem er ihr von Karin und ihrem neuen Mann Georg erzählt hatte, strahlte Klara.

„Es tut mir so Leid, dass ich dich verdächtigt habe. Ich glaube, wir müssen unser Leben ein klein wenig ändern", flüsterte sie glücklich.

„Wir sollten endlich etwas unternehmen, verreisen oder sonst irgendetwas Aufregendes tun", meinte Alexander. „Zum Rumsitzen sind wir wirklich noch zu jung."

„Ja, mein Lieber, lass uns auf Reisen gehen", seufzte Klara und küsste ihren Mann auf den Mund. Er nickte zustimmend und hielt sie fest umschlungen.

Zauberei

Nur langsam hob sich der alte Vorhang. Auf der kleinen Bühne knirschte und knarrte es. Das Publikum spendete stürmischen Applaus.

Dabei war kaum etwas zu erkennen. Der dichte Nebel verzog sich erst, als der Magier auf der Bühne stand. Er sah so aus, wie sich jeder einen Zauberer vorstellt. Sein Anzug schien alt zu sein, aber der seidige Glanz und der große, rote Umhang ließen selbst das schnell vergessen. Auf dem Kopf trug der Magier einen großen, schwarzen Hut. Unten saß das Publikum auf seinen Plätzen und wartete gespannt auf den Beginn der Show. Viele liebten den direkten Kontakt in diesem kleinen Theater. Erneut spendeten sie Applaus.

Der Magier zeigte keine Reaktion. Unbeirrt setzte er seine Inszenierung fort. Heute wollte er das ganze Publikum verzaubern. Nicht nur einige von ihnen, nein, alle im gesamten Theater. Selbst der alte Mann an der Theaterkasse sollte für einen Augenblick verzaubert werden.

Während der Magier seinen Zauber vorbereitete, herrschte eine ungewöhnliche Stille. Niemand verließ seinen Platz. Alle warteten gespannt, während sich der Magier viel Zeit nahm, um von seinen Handgriffen abzulenken. Er hatte ein Gespür dafür, wann das Publikum vollkommen abgelenkt war.

Ein alter Mann saß bewegungslos auf seinem Stammplatz in der dritten Reihe und starrte verwundert auf die Bühne.

Eine Familie saß direkt vor ihm. Die beiden Kinder spielten mit ihren Eintrittskarten und zupften solange an ihnen herum, bis fast nichts mehr darauf zu lesen war. Die Mutter schien es nicht zu stören. Sie beobachtete das Spiel des Magiers. Noch immer schien er sich absichtlich viel Zeit zu nehmen.

Das Licht der drei Scheinwerfer schuf eine behagliche Stimmung. Lediglich ein Pärchen in der ersten Reihe war nicht in der Lage, sich der Verzauberung hinzugeben. Der Mann unterbrach ständig das Reden seiner Frau. Sein Bauch schien sich in der viel zu großen schwarzen Hose zu verlieren, und das blaue Hemd passte nicht zum Rest seiner Kleidung.

Noch immer war die Bühne leicht vernebelt. Obwohl der Magier keine Anstalten dazu machte, als würde es gleich losgehen, warteten alle gespannt auf seine Show.

Der alte Mann hinter der Theaterkasse kannte die Vorgehensweise des Magiers. Er saß dort seit sechsundzwanzig Jahren. In dieser Zeit war viel passiert. Drei Kinder wurden in seiner 28-jährigen Ehe geboren. An unzähligen Abenden hatte er das Geschehen in dem kleinen Theater verfolgt.

Jetzt legte der Magier seinen Umhang ab. Ein Zauber sollte es heute möglich machen, dass ihn keiner wieder vergessen würde. Er sagte kein Wort, stand einfach nur da und schaute in die gespannten Augen des Publikums. Er grinste, als hätte seine Zauberei bereits begonnen.

Das Publikum wartete noch immer gespannt und beobachtete jeden Handgriff.

Selbst die Kinder saßen ruhig auf ihren Plätzen. Ihre Eintrittskarten hatten sie längst vergessen. Links von ihnen saß ein Ehepaar, das sich die ganze Zeit in den Armen lag. Das andere Paar stritt noch immer miteinander. Der Mann mit dem roten Hemd und der viel zu großen Hose redete weiterhin ohne Pause auf seine Frau ein.

Die zwei Scheinwerfer erleuchteten die kleine Bühne, auf der der Magier bewegungslos stand und grinste. Der Mann hinter der Theaterkasse traute seinen Augen nicht. Vergleichbares hatte er in seinen achtundzwanzig Jahren Theatererfahrung noch nicht erlebt. Lediglich der alte Mann auf seinem Stammplatz in der dritten Reihe saß ruhig da und starrte verzaubert auf die Bühne. Er kannte den Trick.

Oben stand der Magier. Seine Augen leuchteten, als wäre sein Auftritt bereits vorbei...

Hagebuttenmarmelade

H ast du die Zeitung reingeholt?", fragte er fröhlich.

„Tut mir leid, mir gehen so viele Dinge durch den Kopf, das habe ich glatt vergessen. Wärst du so lieb?" Mit einem breiten Grinsen wandte er sich zur Tür.

Der Tisch war bereits liebevoll gedeckt. Das neue Geschirr mit dem farbenfrohen Blumenmuster wirkte sehr elegant. Butter, Salami, Schinken, Käse, Quark, Pflaumenmus, Kaffee, Milch, Müsli, Orangensaft – sie hatte nichts vergessen. Und das Wichtigste, ihr ganz persönliches Symbol, stand ebenfalls auf seinem Ehrenplatz mitten auf der Tafel. Sie lächelte beim Anblick des ungeöffneten Glases Hagebuttenmarmelade. Um für Abwechslung beim Frühstück zu sorgen, die vor allem billig war, hatte sie in jedem Herbst eimerweise Hagebutten am Bahndamm gepflückt, eine schmerzvolle Angelegenheit. An einem Wochenende hatte ihr Mann dann jeweils geholfen, die Früchte zu zerteilen, von den Kernen und Härchen zu befreien. Sie hatte sie gekocht, durch ein Sieb gestrichen, nochmals aufgekocht, das Mus mit Gelierzucker versetzt und in Gläser gefüllt. Ein Mal hatten sie es auf eine Meisterleistung von dreißig Stück gebracht. Aber eigentlich mochten sie beide diese Marmelade nicht.

„War der Bäckerbote schon da?", fragte ihr Mann, als er mit der Zeitung unter dem Arm hereinkam.

„Ja, pünktlich um halb neun."

Knackige Brötchen lagen in einem Korb bereit.

Sie wohnten in einem kleinen Dorf, in dem es keine Geschäfte mehr gab, was sich zwar günstig auf die Mietkosten auswirkte, Annehmlichkeiten wie frische Brötchen ohne eine längere Autofahrt aber unmöglich machte. Seit einer Woche war der Bäcker der Nachbarstadt beauftragt, sie jeden Morgen zu beliefern.

„Möchtest du Sekt zum Frühstück?", fragte sie mit einem Augenzwinkern.

„Lieber nicht, ich bin noch ganz durcheinander von gestern. Oder kommt wieder Besuch?"

„Nein, jedenfalls hat sich niemand telefonisch angesagt. Und dein Rauschzustand, da bin ich mir nicht sicher, ob der noch vom Sekt kommt. Bleiben wir heute also bei Kaffee mit Milch."

Ab dem Jahr, als ihr erstes Kind das Schulalter erreicht hatte, war sie morgens ganz früh durch den Ort gelaufen, um frische Milch zu holen. Die mochten ihre Rangen gerne, bevor sie zum Schulbus rannten, und sie war fast geschenkt. Jahrelang hatte sie dem Bauern in der Landwirtschaft geholfen. Dafür wurde sie mit Naturalien bezahlt, mit Eiern, Milch und Kartoffeln. Nun waren die Kinder außer Haus, hatten Familien und führten ihr eigenes Leben.

„Alles fertig?", wollte ihr Mann wissen.

„Ja. Soll ich noch Eier kochen?"

„Unbedingt. Direkt vom Bauern, ich meine vom Huhn, sind sie immer noch am besten. Wer weiß, mit welcher Qualität wir uns in der Stadt zufriedengeben müssen."

Während sie darauf wartete, dass auf dem Küchenwecker die eingestellte Zeit ablief, schweiften ihre Gedanken wieder ab. Sie hatten ein schönes Leben gehabt. Zwar in einfachen Verhältnissen, mit Geld musste immer sehr wohlüberlegt umgegangen werden, aber doch glücklich. Manchmal waren ihr die Putzerei bei der Nachbarin, in ihrer Wohnung und die Wäscheberge von sechs Personen schon über den Kopf gewachsen, dann mussten alle mit anpacken. An den Wochenenden hatte sie immer in der kleinen Kneipe am Ortsrand in der Küche ausgeholfen. Da blieb sowieso wenig Zeit für gemeinsame Unternehmungen.

„Nun erzähl doch mal genau, was der Mann vorletzten Freitag am Telefon gesagt hat", drängte er.

„Nein, nicht schon wieder. Den Wortlaut habe ich dir jetzt mindestens zwanzig Mal geschildert."

„Mag sein, aber ich würde ihn gerne zum einundzwanzigsten Mal hören."

Ein bisschen wehmütig schaute sie zu ihrem Mann hinüber. Den Holztisch, an dem er saß, hatte er zu Beginn ihrer Ehe gezimmert. Sicher würde er ihn zurücklassen wollen. Aber es hingen so viele Erinnerungen daran: gemütliche Familienabende, Geburtstagsfeiern mit den Kindern aus der Nachbarschaft, Kaffeestündchen mit den Dorffrauen, bei denen sie Pullover gestrickt hatten.

„Träumst du, mein Schatz? Der Wecker hat geläutet und du schaust immer noch dem kochenden Wasser zu", ermahnte er sie zärtlich.

„Oh, das habe ich überhaupt nicht mitbekommen."

Sie trug die abgeschreckten Eier zum Tisch. Die kleinen Fenster der Dachgeschosswohnung ließen zwar nur wenig Helligkeit in die Zimmer, aber genau in diesem Moment erstrahlte die Blumenvase im Sonnenlicht. Solange sie sich erinnern konnte, hatten Wiesenblumen den Wohnraum geschmückt. In ihrem kleinen Gärtchen, das sie hinter dem Haus nutzen durfte, hatte sie sich aus praktischen Gründen auf den Anbau von Kräutern, Salat, Bohnen, Erbsen und einigen Erdbeerpflanzen beschränkt. Bei ihrer nächsten Einkaufstour würde sie sich einen Rosenstrauß kaufen.

„Wo ist eigentlich der Brief von gestern?", holte er sie in die Gegenwart zurück.

„Ist doch egal. Du hast ihn so oft gelesen, müsstest ihn mittlerweile auswendig können. Viel wichtiger war doch wohl das beigefügte Stückchen Papier."

Den Scheck hatten sie gestern gleich zur Bank in der Stadt gebracht und sich dann einen schönen Nachmittag gemacht. Gemütlich waren sie durch Geschäfte geschlendert, durch die Straßen flaniert, hatten Cappuccino in einem Eiscafé getrunken und die einige Tage zuvor eröffnete Ausstellung im Kunstmuseum besucht. Sie liebte die Stadt.

„Möchtest du einen Teil der Zeitung? Sport, Politik oder die Kleinanzeigen?", neckte er sie.

„Heute ist Samstag, also die Reiseempfehlungen. Aber das weißt du doch genau."

Sie hatte immer davon geträumt, die Welt kennen zu lernen. Als die Kinder aus dem Gröbsten raus waren, hatte sie mit den Nachbarsfrauen einen Bummelverein, wie sie ihn nannten, gegründet. Sie hüteten abwechselnd für einen ganzen Tag den Nachwuchs, und so kam jede von ihnen einmal im Monat in den

Genuss, mit dem Bus alleine in die Stadt fahren zu können. Während die Nachbarinnen ihre freien Stunden ausschließlich in Läden oder den Konditoreien verbrachten, hatte sie sich meist in der Bücherei aufgehalten, um dort sehnsuchtsvoll in Bildbänden von fernen Ländern zu blättern. Bei schönem Wetter hatte sie die Werke ausgeliehen, sich in den Park gesetzt, ihren Proviant ausgepackt und von Stränden, Palmen, dem Ozean und der Wüste geträumt.

Er keuchte. Sie schreckte auf und starrte in seine Richtung, konnte aber nur die auseinandergefaltete Zeitung sehen, hinter der nun seine Stimme erklang: „Hier steht's!"

Sie konnte ihre Ungeduld kaum bezwingen. „Nun lies schon vor!"

Jackpot geknackt. Der Jackpot, es handelt sich um eine Summe von 13,4 Millionen Euro, wurde bei der Ausspielung am 16. Juni geknackt. Der Scheck wurde gestern von einem Mitarbeiter der Lottogesellschaft persönlich dem stolzen Gewinner, einem Frührentner aus Oberhessen, übergeben, der sich und seiner Frau damit lang gehegte Wünsche erfüllen möchte."

Patrick

Seine nackten Füße hinterließen Spuren im Sand. Kleine Spuren, um genau zu sein. Denn Patrick war erst fünf Jahre alt. Er befand sich mit seinen Eltern im Urlaub. Sie hatten sich ein schönes, kleines Ferienhäuschen direkt an der Ostsee gemietet.

Patrick erwachte sehr früh an diesem herrlichen Sommermorgen. Er ging leise in das Schlafzimmer seiner Eltern, musste aber enttäuscht feststellen, dass beide noch schliefen. Voller Vorfreude machte er sich allein auf den Weg. Er verließ das Häuschen im Schlafanzug und barfuß, lief hinunter an den Strand und immer weiter in Richtung der Klippen.

Patrick liebte das Meer, den Geruch von Seetang, die vielen Muscheln und Schneckenhäuschen, ja selbst die zarten Quallen faszinierten ihn.

Er baute ein größeres Staubecken am Ufer und ließ einige Krebse dort krabbeln, die er geschickt zwischen den Steinen gefangen hatte.

Ja, Patrick war ein schlaues kleines Kerlchen. Viel weiter, als andere Kinder in seinem Alter. Er fragte viel, behielt alles und überraschte so manchen Erwachsenen mit seinem schon recht umfangreichen Allgemeinwissen.

Nachdem er eine Weile am Strand gespielt hatte, ließ er die Krebse wieder frei und lief weiter. Die Wellen kitzelten seine Füße, wenn er zu dicht ans Wasser geriet, und er jauchzte vor Freude. Er lief und lief und bemerkte gar nicht, dass er sich immer weiter vom Ferienhaus entfernte.

Plötzlich sah er in der Ferne einen Menschen am Strand. So früh am Morgen war der Strand bisher menschenleer gewesen. Patrick ging neugierig näher. Er liebte es, Kontakte zu knüpfen, und war freundlich zu jedermann. Er sah, dass es ein alter Mann war, der da auf ihn zukam. Der sprach ihn dann auch an, fragte ob er sich verlaufen hätte und wer er denn sei.

Patrick nannte seinen Namen. Er erzählte dem Mann, dass er mit den Eltern Urlaub mache, und dass sie am Strand ein Häuschen gemietet hätten. Der Mann stellte sich als Egon vor, und sie setzten sich auf einen Stein. Als Patrick so neben Egon saß, spürte er plötzlich eine ungewohnte Schwere und Traurigkeit. Er sah Egon fragend an. Der starrte verbissen vor sich hin. Also fragte Patrick ihn, warum er denn so traurig sei.

Egon hob verwundert den Kopf und sah Patrick an. Woher wusste der Knirps von seiner Trauer? Er wollte schon das Übliche `Das verstehst du nicht` von sich geben, hörte sich aber stattdessen plötzlich reden. Ganz anders, als er sich das vorgestellt hatte. Er schüttete dem Kleinen sein Herz aus. Dieser hörte ihm mitleidig und gebannt zu.

Noch nie hatte Egon jemandem seine Sorgen offenbart. Er schalt sich selbst, dass er ein so kleines Kind damit belastete und wollte fortgehen. Aber Patrick, der ihm die ganze Zeit wortlos zugehört hatte, bat ihn zu bleiben. Er fühlte, dass Egon etwas sehr Wertvolles verloren hatte und fragte ihn, ob er Lust auf ein Spiel hätte.

Zuerst wollte Egon nicht, aber da Patrick ihn so liebevoll und bittend anschaute, willigte er schließlich ein. Patrick bat ihn, die Augen zu schließen und zuzuhören. Egon gehorchte, erstaunt und belustigt zugleich.

Patrick begann, ihm eine Landschaft zu beschreiben. Er ging mit Egon im Geist über Wiesen, in einen Wald hinein, dort einen Waldweg entlang bis zu einer Treppe, die in die Erde führte. Dort gingen sie hinunter bis an ein Tor. Egon wunderte sich, dass er all das ganz deutlich vor seinem inneren Auge sehen konnte.

Sie öffneten die Tür und traten in eine andere Welt ein. Genauso grün und lebendig wie die reale Welt hier oben. Sie liefen über eine Wiese, überquerten einen kleinen Bach und kamen an einen Hügel, auf dem ein kleiner Junge mit einem alten Mann am Lagerfeuer saß.

Egon wurde ganz aufgeregt, als er sich selbst in dem kleinen Jungen erkannte. Dieser kleine Junge sah ihm tief und liebevoll in die Augen und Egon musste weinen. Da stand der Junge auf, kam zu ihm und nahm ihn in den Arm. Egon spürte eine überwältigende Liebe, die von diesem kleinen Jungen ausging, und er ließ seinen Tränen freien Lauf. Wie viel Trauer, Verbitterung und Einsamkeit hatte sich in den Jahren auf sein Herz gelegt! Nun war ihm, als ob all das aufweichen würde unter der Liebe dieses Jungen, der ja eigentlich er selbst war.

Nachdem der Tränenstrom versiegt war, nahm auch Egon nun diesen Jungen in den Arm und spürte plötzlich eine Welle liebevoller Gefühle, verbunden mit unendlich viel Dankbarkeit. Er fühlte sich auf wundersame Weise befreit.

Nach einer Weile merkte er, dass es Zeit war, Abschied zu nehmen. Er versprach, bald wieder an diesen Ort zurückzukehren und ging zu Patrick, der die ganze Zeit still dabei gesessen hatte, um den Rückweg anzutreten. Patrick führte ihn wieder zurück auf demselben Weg, den sie gekommen waren. Als beide in der realen Welt angelangten, öffnete Egon die Augen und sah Patrick voller Bewunderung an. Was war das nur für ein wunderbares Kind?

Patrick lachte plötzlich glockenhell auf, lief übermütig an den Strand und weiter in die Richtung, aus der er gekommen war, zurück nach Hause. Er drehte sich noch einmal um und winkte Egon stürmisch zu. Egon winkte, immer noch verwundert, zurück.

Dann saß er noch eine ganze Weile sehr nachdenklich auf dem Stein. War das alles ein Traum gewesen? Warum fühlte er sich plötzlich wie von einer schweren Last befreit? Er spürte einen unendlichen Frieden in sich und dachte an Patrick, der ihm den Weg zu seinem eigenen Herzen auf so wundersame Weise geöffnet hatte.

Plötzlich lachte er laut und befreit, riss sich die Kleidung vom Leib und lief jauchzend wie ein Kind den Wellen entgegen.

Veränderungen

Ich komme mit der Umstellung nicht mehr nach, dachte ich, so schnell verändern sich manche Dinge. Was mir unumstößlich schien, wackelt und wird plötzlich infrage gestellt, nicht nach seinem Sinn, sondern was es kostet. In unserem Stadtteil hat der letzte Vollsortimenter sein Geschäft im vergangenen Monat geschlossen und hinterließ uns zwei Diskonter. In das Herrenfachgeschäft war schon vor einem Jahr ein *textiel supers* eingezogen. Meine nächste Hose werde ich mir wohl vom Wühltisch aussuchen.

Ich empfinde bei dieser Entwicklung den Verlust an Individualität. Es gibt Leute, die immer die gleiche Wurst vom gleichen Hersteller essen, weil keine andere beim Diskonter angeboten wird. Ich möchte wählerisch sein dürfen. Die beim Metzger gekaufte Wurst sei auch immer die gleiche, meinte meine Frau und warf mir eine überwiegend negative Einstellung vor. Ich verstand ihren Vorwurf damals nicht. Wie sich später zeigte, war gerade die Eintönigkeit des Alltags der entscheidende Grund für die Trennung, und nicht die sich erst infolge unserer wachsenden Unzufriedenheit ergebenden Streitigkeiten.

Ich war betroffen, als das alteingesessene Haushaltswarengeschäft seinen Räumungsverkauf wegen Geschäftsaufgabe ankündigte. Alle Jubeljahre hatte ich dort Defektes und Gebrauchtes ersetzt und mich zwischen Porzellan, Glas und Edelstahl wohl gefühlt.

Fünfzig Meter weiter wurde ein neuer Laden eröffnet – selbstverständlich mit einem *di* im Namen –, der immer nur das anbietet, was an Geschirr, Gläsern und Töpfen aktuell verramscht werden muss.

Am gleichen Tag fuhr ich an einer anderen Neueröffnung vorbei: *Efeu*, ein Bestattungsunternehmen mit Tiefstpreisen. Mein Gott, dachte ich. Bislang hatte ich mich mit meiner Beerdigung nicht beschäftigt, dafür war es an Jahren und der allgemein prognostizierten Lebenserwartung noch zu früh. Eine Bestattung kostet fünftausend Euro, wusste ich aus der Erfahrung, meine Mutter zur letzten Ruhe gebracht zu haben. Einem Verstorbenen die letzte Ehre zu erweisen ist ein Moment von immenser Dichte und nicht nachzubessern. Das rechtfertigte für mich die Höhe der Rechnung. Bei den Tiefstpreisen von *Efeu* dachte ich an Pappelholzspäne mit Birkenfurnier, was man eben so braucht, um eine Leiche formgerecht in den Ofen zu schieben. Diese respektlose Vorstellung machte mir zu schaffen und rief sogar Empörung in mir hervor. Lebensmittel, Bekleidung und was sonst noch war ich bereit, in Diskontläden zu kaufen, aber keine Bestattung. Tiefstpreise für diese Dienstleistung empfand ich wie einen weiteren Verfall der guten Sitten.

Jeden Tag fuhr ich auf dem Weg zur Arbeit an *Efeu* vorbei und jeden Tag empörte ich mich, aber jeden Tag auch ein bisschen weniger. Als ich schon längst nicht mehr an die Tiefstpreise von *Efeu* dachte, betrat ich ohne bestimmte Absicht das Bestattungsinstitut.

Mir war eine Sicherung durchgebrannt. Neben dem Bestattungsinstitut gab es ein Elektrofachgeschäft, das einzige weit und breit, in dem ich eine einzelne 50-Ampere-Sicherung kaufen konnte anstelle des Zehnerpacks im Baumarkt, bei dem ich hochgerechnet hundertsechsundfünfzig Jahre alt werden musste, um die Packung aufzubrauchen.

Der Bestatter war dunkel gekleidet und unterschied sich darin nicht von der etablierten Konkurrenz. Seine Stimme war dem Anlass entsprechend unaufdringlich. Er zeigte mir Eichen-, Birken- und Kiefernfurnier, alles auf Spanplatte und schnörkellos, was er als *schlicht* und *würdevoll* bezeichnete, innen glattes weißes Leinen, das nicht wie ein Faltenrock im Sarg ausgeschlagen werden musste. Es gäbe sogar Särge von Colani, schwarz und hochglanzpoliert. Aber was habe der Verstorbene davon? Ich stimmte ihm zu. Einen Designer-Sarg müsste man sich frühzeitig besorgen, damit man selbst auch Freude an ihm hat und die Hinterbliebenen finanziell entlastet. Soweit müsse es erst gar nicht kommen, meinte der Bestatter. Er zeigte auf einen auffallend einfachen Mahagonisarg. Das sei die *Peace-Box*, erklärte er, 60 % Altpapier und 40 % Zellulose, wasserdicht, faltbar und auslauf-sicher, mit aufgedämpfter Holzstruktur. Die Emissionswerte seien besser als die von Holz und bei der Feuerbestattung entstünde keine Flugasche. Das waren überzeugende Argumente. Einen Colani-Sarg für knapp zehntausend Euro konnte ich mir nicht leisten, und wer weiß, wer was für mich aussuchen würde, wenn es so weit sein würde.

Ich entschied mich für die *Peace-Box* in Eiche, weil sie am besten zu meiner Einrichtung passte. Der Bestatter wurde plötzlich nervös. Er hätte noch nie einen Sarg außer Haus verkauft, ohne Todesfall, wandte er ein.

Ich entgegnete, wenn eine Mitnahme nicht möglich sei, mache es auch keinen Sinn, dass der Sarg faltbar sei. Nach kurzem Zögern willigte der Bestatter ein. Ich vermute, wir hatten die gleiche Erkenntnis: Ich würde den Sarg nicht benutzen können, denn ich war weder tot noch gewerblich zugelassen, andere Tote zur letzten Ruhe zu verhelfen – für den Bestatter ein unverhoffter Zusatzverdienst.

Ich brachte den Sarg in den Keller zu den anderen Dingen, die ich im Moment nicht brauche. Leider passte er nicht ins Regal wie mein Vorrat an Glühbirnen und Konserven. Deshalb entfaltete ich ihn und baute ihn mittig im Raum auf, mit dem Blick auf das Kellerfenster. Nur scheinbar versinkt der Mensch mit dem Sarg im Dunkel. Die Seele hat sich längst zum Licht empor geschwungen.

In der Nacht nach dem Kauf schlief ich unruhig. In meinem Traum betrog mich meine Frau, und ich schaute hilflos gelähmt zu. Es musste ein Traum in der Aufwachphase gewesen sein, denn ich war beim Aufstehen so wütend, als stünde mir die Trennung noch bevor. Meine Fantasie glaubte sich an eine Szene aus einem Buch oder einem Film zu erinnern, in der das gemeinsame Bett mit Axt und Säge zerlegt wurde. Ich blieb äußerlich ruhig, holte den passenden Schraubendreher und schaffte die überflüssigen Teile in den Keller. Allein erwies sich meine Hälfte des Bettes als nicht standfest. Das Bett wieder zusammenzuschrauben wäre wie eine Kapitulation vor mir selbst. Also trug ich das Bettzeug kurzerhand ins Wohnzimmer.

Die Polsterung einer Couch ist keine Matratze. In der folgenden Nacht schlief ich noch schlechter. Morgens kleidete ich mich im halbleeren Schlafzimmer an. Abends, wenn ich von der Arbeit kam, störte mich im Wohnzimmer das unaufgeräumte Bettzeug. Ich dachte darüber nach, wo ich den Kleiderschrank im Wohnzimmer aufbauen könnte, bis mir das Absurde meiner Überlegungen bewusst wurde, gleichzeitig aber auch die Lösung: runter in den Keller! Ich schloss das Schlafzimmer ab.

Der Wechsel ergab sich von selbst. Morgens ging ich in den Keller, verstaute das Bettzeug im Faltsarg und zog mich an. Wenn ich mich abends auszog, nahm ich das Bettzeug mit nach oben. Ich lag jetzt immer schon zu den Abendnachrichten im Pyjama auf der Couch. Wenn ich müde war, brauchte ich nur zur Fernbedienung zu greifen und das Glas auf dem Couchtisch abzustellen.

Ich war in letzter Zeit häufiger betrunken. Ich wertete dies nur als unbedeutende Veränderung zur Maßlosigkeit, eine Grenzüberschreitung ohne die Furcht, mich rechtfertigen zu müssen. Die Zäune waren unverrückt, aber sie hatten keine Bedeutung mehr für mich. Sie bedrückten mich diesseits ebenso sehr, wie sie mich jenseits ängstigten.

Eines Morgens wachte ich im Keller auf und starrte auf das helle Rechteck. Ich lag enger als im Bett oder auf der Couch. Die Wände des Sarges gaben meinen

Armen festen Halt, ohne mich zu bedrängen. Wie praktisch, dachte ich, nie wieder würde ich mich im Schlaf in den Raum zwischen Couch und Tisch rollen und mir den Kopf am Tischbein stoßen. Ich stieg unsicher aus dem Sarg, weil ich nicht wagte, mich auf dem Rand abzustützen, und mir beim Aufstehen das Blut durch den Körper rauschte.

Nach dem Frühstück sah ich wieder klarer. Es gab keinen Grund, mir Vorhaltungen zu machen, weil ich zu viel Wein getrunken hatte, im Gegenteil. Offenbar förderte der Alkohol meine Kreativität und gebar Gedanken, auf die ich nüchtern gar nicht gekommen wäre. Bis zum Abend hatte ich im Kellerraum eine Doppelsteckdose und einen Antennenabzweig für das Fernsehgerät installiert. Im Wohnzimmer ließ ich die Rollläden herunter und schloss die Tür ab. Später trug ich noch einen Sessel hinunter, weil die liegende Stellung fürs Fernsehen unbequem war.

Vor dem Einschlafen dachte ich an die im Wohnzimmer zurückgelassenen Bücher. Sie waren nicht aus der Welt, wie die wegen der lästigen Pflege schon längst zu Abfall gewordenen Topfblumen, sondern nur auf Distanz. Ich brauchte mir den Kopf nicht weiter zu zerbrechen. Ich griff nach dem Sargdeckel, der bisher nutzlos auf dem Kellerboden gelegen hatte. Es war nicht einfach, ihn von innen aufzusetzen. Dann atmete ich tief durch, schloss die Augen und öffnete sie wieder. Die Sicht blieb schwarz, undurchdringlich, es gab nichts mehr. Ich hatte an Panik geglaubt, während ich den Sargdeckel aufsetzte, und verfiel stattdessen in Euphorie.

Bratkartoffeln

Ich muss mit euch etwas besprechen." Lange hatte Johannes Kempen überlegt, wie er anfangen sollte. Er blickte erst nach links, wo sein Sohn Stefan am Esstisch saß und sich gerade eine zweite Portion Bratkartoffeln auf den Teller lud, dann nach rechts zu seiner Frau Ella.

„Geht es um was Wichtiges?" Ella schob mit einem Finger ihre Brille zurück in Richtung Nasenwurzel. Mit der Gabel in ihrer anderen Hand spießte sie eine braun gebratene Kartoffelscheibe auf, manövrierte sie in ihren Mund, schloss die Lippen um die Zinken und zog die Gabel so blitzartig heraus, als hätte sie Angst, das Besteck könnte sich in ihrem Mund in ein glühendes Stück Eisen verwandeln.

Johannes betrachtete seine Frau und überlegte, ob er ihre Art zu essen je interessant gefunden hatte. Er konnte sich nicht erinnern.

„Durchaus", sagte er schließlich. Er legte sein Essbesteck zurück auf die kleine Messerbank neben seinem Teller, die Gabel mit den Zinken nach oben, das Messer mit der Schneide zum Teller. Mit den Fingerspitzen schob er die Griffe so lange hin und her, bis sie exakt parallel lagen; erst dann nahm er die Serviette von seinen Oberschenkeln, tupfte sich mit kurzen Bewegungen die Lippen ab und legte das Tuch so auf seine Beine zurück, dass die benutzten Stellen keinesfalls die Hose berühren konnten.

„Liebe Familie, ich würde euch gerne über etwas informieren. Nach dem Essen."

„Ach nö, Paps!" Stefan fuhr mit dem Messer quer durch sein zweites Spiegelei, stopfte sich mehrere Stücke gleichzeitig in den Mund und schaufelte Bratkartoffeln hinterher. „Muss das sein?", nuschelte er, sichtlich bemüht, den Inhalt seines Mundes nicht über der Esstisch zu verteilen.

„Stefan!" Ella blickte ihren Sohn vorwurfsvoll an. „Man spricht nicht mit vollem Mund!"

Stefan kaute mit doppelter Geschwindigkeit und schluckte hörbar. „Warum müssen wir samstags auch immer so spät essen? Ihr wisst doch, dass ich gleich noch weg will."

Johannes Kempen blickte zur Uhr, die über der alten Anrichte an der Wand hing. Es war kurz vor halb neun Uhr abends.

„Wird es länger dauern?" fragte Ella.

„Was?" Johannes rückte seinen Krawattenknoten zurecht.

„Deine ..., na, diese Besprechung."

„Durchaus möglich."

„Ach nö, Paps. Corinna wartet doch auf mich." Stefan legte sein Besteck auf den Teller und wischte sich mit dem Handrücken über den Mund. Unwillkürlich zuckte Johannes zusammen.

„Corinna?" fragte Ella. „Ist das nicht die nette Rothaarige, die dich letzte Woche besucht hat?"

„Das war Angie." Stefan hielt sich den Bauch, drückte sein Kinn auf die Brust und blies kurz die Wangen auf. Hörbar entließ er die Luft. „Die ist längst Geschichte. – Sag mal, Paps, kannst du mir etwas Geld geben?"

„Schon wieder? Du hast doch erst vorgestern Hundert von mir bekommen."

„Das Leben ist teuer." Stefan grinste. „Und du weißt doch: Keine Arme, keine Kekse! Und meine Arme sind im Moment recht kurz."

„Wie?"

„Er meint, er ist knapp bei Kasse." Ella stand auf und begann, den Tisch abzuräumen.

Stefan streckte seinem Vater die offene Hand entgegen. „Gib Geld. Nun mach schon!"

Johannes Kempen schüttelte den Kopf. „Kommt nicht in Frage. Du musst endlich lernen, vernünftig mit Geld umzugehen. Am besten jetzt, sofort. Denn ich habe ..."

„Ach, dann behalt doch deine Kohle!" Stefan feuerte seine Serviette auf den Teller, dass Messer und Gabel hüpften und Ella erschrocken innehielt. „Ich komme auch ohne dich und deine paar Kröten klar." Er schob seinen Stuhl ein ganzes Stück zu weit vom Tisch weg, sprang auf und lief in den Flur. Kleiderbügel klapperten heftig an der Garderobe, und dann krachte die Wohnungstür ins Schloss.

„Du solltest dem Jungen mehr Verständnis entgegenbringen." Ella schob wieder ihre Brille mit einem Finger zur Nasenwurzel hoch. „Er ist doch noch so jung."

Jung sein, dachte Johannes Kempen, das ist nichts weiter als ein Fehler der Natur, der sich von selbst korrigiert.

Ella stellte die Teller aufeinander, legte die Bestecke darauf und trug alles in die Küche.

Johannes hörte Porzellan klappern und Metall klirren. Offenbar füllte Ella die Spülmaschine.

„Ach, übrigens", rief Ella aus der Küche, „ich muss gleich auch noch weg. Zu Wieses. Die Karin will uns die neuen Artikel aus ihrem Versand zeigen. Die Gerdi ist da, und die Waltraud. Und noch einige, die du nicht kennst. Vielleicht kann ich ein paar Sachen günstiger bekommen, weißt du? Jetzt, wo immer alles teurer wird. Ich werde sicher erst spät zurückkommen. Vermutlich so um elf."

Johannes legte seine Unterarme auf den Esstisch, blickte auf das Tischtuch und seufzte leise.

„Was wolltest du uns eigentlich sagen?" Ella eilte in den Flur und angelte nach ihrem Mantel.

„Ich wollte euch nur mitteilen, dass ich ..."

„Ach, Hannes, sei nicht böse, aber hat das nicht Zeit bis morgen?" Sie schlüpfte in ihren Mantel. „Ich bin spät dran, und ich möchte nicht unpünktlich sein. Im Kühlschrank ist eine Flasche Bier. Mach es dir doch vor dem Fernseher bequem, ja? Gibt sicher irgendwo einen netten Spielfilm. Ich muss los. Tschüß!"

Johannes sah nicht einmal auf, als sie die Tür öffnete und die Wohnung verließ, und auch nicht, als Ella die Tür mit einem leisen Klacken hinter sich zuzog. Eine Weile hörte er noch die Schritte im Treppenhaus, bis sich auch dieses Geräusch verlor. So saß er allein am Esstisch, betrachtete seine Hände und lauschte der Stille. Nach einer Weile vernahm er das Ticken der Wanduhr. Er schaute auf. Die Zeiger standen auf viertel vor Neun.

Er wartete weitere fünf Minuten, saß unbeweglich auf dem Stuhl und lauschte dem Ticken der Uhr. Er wartete, bis die erste Stunde seines neuen Lebens vorüber war. Dann zog er aus der Innentasche seines Jacketts einen kleinen Zettel. Sorgsam faltete er ihn auseinander, legte ihn vor sich auf den Tisch und strich zwei Mal mit der Handkante darüber. Auf dem Zettel betrachtete er die zehn Kästchen mit je neun-undvierzig Zahlen. In jedem Kästchen waren sechs Kreuze. In einigen der Kästchen hatte er ein oder zwei Kreuze pedantisch genau in Kreise gefasst.

Ausgenommen im Kästchen mit der Kennziffer 4. Dort waren alle sechs Kreuze eingekreist.

Johannes Kempen hob den Kopf und schnupperte. Irgendwie roch die Wohnung. Sie roch nach Bratkartoffeln mit Spiegelei. Aber da war noch etwas. Sie roch nach Routine, nach Gleichgültigkeit. Und nach verendeten Träumen. In diesem Moment fiel ihm der Koffer auf dem Kleiderschrank im Schlafzimmer ein.

So eine Pflanzerei

Otto ist total verblüfft. Seine zehn Zimmerpflanzen plus Kaktus erwarten persönlichen Zuspruch. Sie haben Gefühle, verfügen über ein gewisses Maß an Gedächtnis und – wenn's drauf ankommt – über telepathische Fähigkeiten. Jedenfalls hat Otto das in einer Illustrierten gelesen. Seitdem fühlt er sich als Single nicht mehr allein in seiner Wohnung. Ihn überkommt das beklemmende Gefühl, seine Zimmergenossen beobachten ihn unablässig.

Otto beginnt mit seinen Pflanzen zu sprechen, zuerst mit dem sensiblen Philodendron.

„Ich kann dich gut leiden und finde dich hübsch", sagt Otto leise und kommt sich nicht ganz richtig im Kopf und außerdem verlogen vor. So furchtbar hübsch ist der Gute gar nicht. Dann ist die Dieffenbachia picta dran. Sie hat Zuspruch besonders nötig. Für ihre Länge ist sie äußerst dürftig beblättert.

Anfangs verschwieg Otto seiner Umgebung, dass er mit den botanischen Geschöpfen spricht. Doch als er der Illustrierten entnahm, dass auch die englische Königin mit ihren Gemüsepflanzen redet, gab er es zu.

Inzwischen palavert Otto mit allen zehn, einschließlich Kaktus, fließend und ohne Hemmungen. Schimpfen vermeidet er, obwohl ihn der Kaktus schon mehrmals gestochen hat. Körperliche Angriffe auf seine lieben Pflänzlinge sind für ihn inzwischen völlig passé. Gelbe Blätter knipst er nicht mehr ab, sondern er wartet, bis sie verrunzelt von alleine abfallen.

Besondere Vorsicht ist auch beim Philodendron bipinatifidum geboten! Nicht reizen! Sehr sensibel!

Bis vor kurzem spielte Otto den Pflanzen zuliebe Radiomusik, auch wenn er nicht daheim war. Das hat er jedoch aufgegeben. Was nützt ihnen schließlich der Radetzkymarsch? Und was der Donauwalzer? Obwohl Otto bemerkte, dass die Dieffenbachia picta mit ihren drei Blättern dazu wedelte. Ihr Harmoniebedürfnis ist groß, wahrscheinlich deshalb, weil sie Giftsäfte produziert und bestimmt ein kompliziertes Innenleben hat.

Heute fährt Otto eine Woche auf Urlaub. Der Artikel in der Illustrierten hat für diesen Fall geraten, Fotos der Pflanzen mitzunehmen, sie täglich zweimal anzuschauen und intensiv an die Daheimgebliebenen zu denken. Das würde sie freuen und zum Wachstum anregen. Doch das wird Otto schön bleiben lassen. Sie haben genug Wasser in ihren Hydrotöpfen, und der Kaktus braucht überhaupt keins. Otto wird sich jetzt von ihnen verabschieden und die Tür hinter sich zumachen, um – wie herrlich – Urlaub zu machen von seinen Topfpflanzen. Am liebsten für immer!

Als die Wohnungstür ins Schloss gefallen ist, kann er hören, wie alle zehn sowie der Kaktus ein Dankeslied anstimmen. Und die Dieffenbachia picta sagt: „Der geht mir so auf die Nerven mit seinem Gequassel, dass ich ihn vergiften könnte."

Gravedigger

V erdammte Kiste", fluchte er. Er fluchte bei allem, was er tat. David kletterte aus dem Loch. Es hatte ihn jetzt schon drei verdammte Stunden gekostet, den steinigen Kriegsschutt herauszuholen. Und dazu die schwere Erde. Bei jedem Spatenstich, den er aushob, musste er den schweren Kleiboden vom Spaten schieben. So nass und klebrig war er. Die dunklen, nass geschwitzten Haarsträhnen klebten in seinem wilden, bärtigen Gesicht. Er hatte sich verkalkuliert. Das Graben würde länger dauern, als erwartet. Aus den frisch gegrabenen Erdwänden sickerte Grundwasser in das halb geöffnete Grab. Wütend kletterte er aus dem modrigen Loch, griff nach der Axt in der Schubkarre und sprang in das Loch zurück. „Wann werden diese verdammten Kisten endlich verboten?"

Er holte aus und die Axt drang krachend in das harte Holz. Gutes, altes Eichenholz. Fast wie neu. Und das nach fünfzig Jahren. Der dichte Kleiboden ließ keine Verrottung zu. Das Holz splitterte unter seinen Axtschlägen. Er wusste, welcher Anblick ihn erwartete. Noch drei, vier Mal holte er aus, dann war der Deckel gespalten. David ließ die Axt fallen, kletterte aus dem Loch und setzte sich an den Rand des Grabes. Seine Beine baumelten in das Loch hinein. Er packte die Thermosflasche aus und goss Kaffee in seinen Becher. Inzwischen stand die Sonne schon hoch am Himmel. Er hatte heute gar nicht hier sein wollen. Aber in der Kirche wartete eine Leiche, die in dieses verdammte Loch wollte.

Er hasste es, wenn die Bestatter den Sargdeckel nicht schlossen. Wenn er morgens sein Arbeitsgeschirr holte, wollte er nicht wissen, wer oder was in der Kiste lag.

„Hast du keine Alpträume von deiner Arbeit?", hatte Susanne ihn oft gefragt. Sie lebte seit zehn Jahren mit ihm zusammen. Warum sie das tat, verstand er nicht. Letzten Samstag hatten sie das letzte Mal gestritten. „Scheiß Weiber", hatte er herausgebracht. „Ohne euch kämen Männer besser klar!" Daraufhin hatte sie ihre Sachen gepackt und war schweigend in ihr Auto gestiegen. Susanne war für ihn nicht zu begreifen. Eben so wenig wie all die anderen Frauen.

David holte den Tabak aus der Latztasche seines schwarzen Arbeitsanzuges. Während er die Zigarette drehte, schaute er umher. Dies war sein Friedhof. Hier war Stille. Hier wollte keiner Worte von ihm hören. Er hasste es zu sprechen. Susanne wollte ständig Worte von ihm, die er nicht fand.

Eigentlich mochte er Frauen. Aber sie redeten zuviel von ‚wir' und ‚Liebe' und ‚immer'. ‚Immer', das war für ihn hier auf seinem Friedhof. Rothaarige oder blonde Frauen gefielen ihm besonders gut. In der Kiste dort in der Kirche lag eine Rothaarige. Eigentlich zu jung, um sie einzugraben und zu hübsch.

David lehnte sich zurück, stützte sich auf seine Ellenbogen, sah in den blauen Himmel und erinnerte sich. Früher war er viel herumgekommen. Ein Streuner war er, ein Träumer, immer auf der Flucht vor seiner Einsamkeit. Alkohol, Frauen und Musik.

War alles satt dabei. Der Musik war er treu geblieben und seiner Harley. Sie konnten seine Leere füllen.

Während eines Streits hatte ihn Susanne vor einigen Jahren einmal angeschrien: „Merkst du gar nicht, wie du mit deiner Schroffheit und Gleichgültigkeit unsere Liebe tötest?" Sie hatte ihn geschüttelt und ihr rotes Haar leuchtete dabei aufregend im Sonnenlicht. Als er den Job als Totengräber bekam, stellte sie fest: „Der perfekte Job für dich. Alles Schöne in deinem und meinem Leben hast du zu Grabe getragen, zugeschüttet und verscharrt."

„Blödsinn", hatte er geantwortet und nichts mehr gesagt. Bei diesen Gedanken spürte David Wut aufkommen. Wut auf diesen Satz, Wut auf Susanne, Wut auf sich selber. Sie hatte ja Recht! Dabei liebte er so viele schöne Dinge. Er hatte sie gefunden, die schönen Dinge. In Bildern von Magritte und Kandinsky und Dali. In Büchern von Tolstoi und Dostojewski. In der Musik von Mozart. Seine Vorbilder waren allesamt Genies! Gestrauchelt zwar die meisten und verkommen, aber mit der Hinterlassenschaft genialer Werke. Auch er war in seiner Stille ein Genie. Warum konnte sie das nicht sehen? Er war nicht nur ein alternder Hippie mit Haarausfall und abgebrochener Kochlehre. Er hatte Blumengärten angelegt, Äcker bewirtschaftet und Kühe gemolken. Er hatte die Welt bereist per Schiff, zu Fuß und mit dem Motorrad. Er hatte die schönsten Frauen gevögelt quer durch alle Nationalitäten und keiner wusste, wie viele Genies er gezeugt hatte.

Er hatte Geschichten geschrieben, großartige Bilder gemalt, sich ein umfassendes Wissen angelesen, ohne es allerdings jemals zu nutzen. Doch die Welt war blind und sah ihn nicht. Sah einfach weg. Einfach über ihn hinweg.

Zornig warf David seinen Zigarettenstummel in das Loch, das sich mit stinkendem Wasser füllte. Er musste sich beeilen. Die Rothaarige wollte heute noch in das verdammte Loch. David stand auf, nahm seinen Spaten und sprang auf den hölzernen Deckel. Er musste die Erde um die Kiste herum rausholen.

Eiskalt sei er und frieren würde sie in seiner Nähe, hatte Susanne ihm vorgeworfen. Er hatte es satt, das Gejammer über die fehlende Wärme in ihrer Beziehung. Einige Male war er drauf und dran gewesen, sie zu verlassen. So wie er immer einfach gegangen war, wenn ihm etwas lästig wurde. Er hatte sich nie etwas vorschreiben lassen. Doch seinem alternden Körper war nicht mehr nach Aufbruch, und so war er geblieben. Er stritt seltener mit ihr, saß einfach da und ließ sich von ihren Worten berieseln, rauchte und wartete, bis sie fertig war.

Mit der Brechstange gelang es ihm, den Deckel der Kiste abzuheben. Die Leiche lag fast vollständig erhalten vor ihm. Von einer weißlichen, glitschigen Masse überzogen die unbekleideten Körperteile, der schwarze Anzug unversehrt. Das Wasser drang von allen Seiten in die Kiste ein. Er musste die Pumpe anschließen, damit sich nicht alles zu einem Brei vermischte.

Während die Pumpe lief, band er die Taue an den Leichnam, zog die auseinander fallenden Gebeine aus dem Loch und warf sie auf den Erdaushub. Dann griff er zum grünen Kunststoffrasen und deckte alles sorgsam ab.

Ob er sich nicht ekeln würde, hatte Susanne ihn ein anderes Mal gefragt, nachdem er ihr eine Fotoserie gezeigt hatte. Eine geniale Dokumentation über eine Graböffnung. Natürlich ist es eklig. Aber es gab gutes Geld dafür.

David hob den letzten Spatenstich aus und räumte seine Geräte zur Seite. Die Glocken zum Geleit ertönten. Er setzte sich einige Gräber weiter in den Schatten der großen, alten Kastanie auf eine Bank, verdeckt von Holunderbüschen. Er hasste die warme Sonne.

„Du hasst doch alles, was lebendig und voller Lebensfreude ist", hatte Susanne gerufen, während sie den Motor ihres Autos startete, um sich anschließend mit ihm um den Baum zu wickeln, der vor seinem Friedhof stand.

Sie hatte mehr Glück gehabt im Leben. Arbeit, die ihr Spaß machte, drei gute Kinder, keine Geldsorgen, sogar einige Erfolge als Malerin konnte sie verzeichnen. Aber ihr Leben erschien ihm langweilig. Sie hatte zu wenige Ansprüche an ihre eigene Größe. Durch die Zweige des Holunders konnte er die Trauergäste vorbeiziehen sehen. Einige weinten. Er weinte nie. Er lachte selten. Der Pfarrer hielt eine kurze Rede, die er schon kannte.

Eine viertel Stunde später schaufelte David die aus-
gehobene Erde mitsamt den Knochen wieder in das
Loch zurück. Jedes Mal, wenn eine Schaufel Klei auf
den Sarg der Rothaarigen fiel, gab es ein dumpfes
Geräusch, so als riefe jemand: „Doch! Doch! Doch!"
Und nach jedem ‚Doch' hämmerte es in seinem Kopf:
„Nein, es ist nur eine Kiste!" – „Doch!" – „Nein!" –
„Doch!" – „Nein!" – „Doch!"

David dekorierte das Grab mit den Trauerkränzen,
reinigte sein Arbeitsgeschirr und räumte es sorgfältig
auf. Er stieg auf seine Harley, ließ den klangvollen
Motor an, lauschte einen Moment auf das satte
Tuckern seines Viertakters. Wohin? Dann schloss er
die Augen. „Für immer", flüsterte er und ein zaghaftes
Lächeln huschte über sein braungebranntes Gesicht,
als er an Susanne dachte. Dann gab er Gas in Richtung
Stille.

Die Farbe der Erde

Ich trat zu ihr und bewunderte staunend ihre Schönheit...

Einer meiner Spaziergänge hatte mich an den Rand eines Wäldchens geführt. Und da stand sie: die schönste Blume, die ich jemals gesehen hatte. Sie wuchs, versteckt zwischen einigen Büschen, aus einer rötlich schimmernden Erde heraus. Ich konnte nicht anders, ich musste sie mitnehmen!

Jeden Tag sollte sie mich von nun an erfreuen. Vorsichtig lockerte ich mit den Händen das Erdreich, um ihre Wurzeln nicht zu verletzen. Dann zog ich meine Jacke aus, legte die Blume und etwas Erde hinein und trug meinen Schatz nach Hause.

Zurück in der Wohnung leerte ich eine Bonbonschale und setzte meine Blume hinein. Ihre Wurzeln bedeckte ich behutsam mit der roten Erde. Dann stellte ich die Schale auf ein Fensterbrett im Wohnzimmer.

„Ich werde dich ‚Belle' nennen!", sagte ich. Das schien mir ein passender Name zu sein.

„Heute kann ich dir leider keinen Blumentopf kaufen. Aber morgen, ganz bestimmt! Morgen bekommst du auch noch mehr Erde."

Da veränderte Belle plötzlich ihre Farbe. Aus tiefem Weinrot wurde ein leuchtendes Gelb. Spürte sie, wie sehr ich sie liebte? Konnte sie meine Stimmungen erahnen und diesen ihre Farbe anpassen? Aber warum sich über etwas den Kopf zerbrechen, worauf man sowieso keine Antwort bekommt?

Hauptsache, Belle war bei mir.

Ich gab ihr ein wenig Wasser, dann legte ich mich ins Bett und schlief glücklich ein.

Am nächsten Tag ging ich während der Mittagspause in eine Gärtnerei und suchte den allerschönsten Keramiktopf aus. Dazu kaufte ich für meine wunderbare Blume einen Beutel bester Humuserde.

Spät abends kam ich nach Hause. Mein erster Gedanke galt Belle. Ich eilte zu ihrem Fensterbrett. Ein kräftiges Rot leuchtete mir entgegen. Liebevoll topfte ich sie um und stellte sie zurück an ihren Fensterplatz. Wie begeisterte mich ihr Anblick!

Wieder wechselte sie die Farbe ihrer Blütenblätter. Täuschte ich mich, oder sah das Gelb heute ein wenig blasser aus?

Die Tage vergingen. Jeden Abend kehrte ich nach der Arbeit eilig nach Hause zurück, gab meiner Belle Wasser und setzte mich anschließend auf einen Stuhl ihr gegenüber, um sie einfach nur anzusehen.

Aber etwas beunruhigte mich. Von Tag zu Tag schienen ihre Farben blasser zu werden. Bekam sie vielleicht zu wenig Licht? Besorgt stellte ich Belle an ein anderes Fenster, das nach Süden zeigte. Sie sollte es gut bei mir haben!

Eines Abends goss ich gerade wie gewohnt meine Blume, als ich plötzlich eine Stimme hörte: „Gib mir von der roten Erde!"

Fast hätte ich die Gießkanne fallen lassen. Hatte Belle etwa zu mir gesprochen? So etwas gibt es doch gar nicht! Ich musste überarbeitet sein. Kopfschüttelnd ging ich ins Bett.

Am folgenden Abend jedoch hörte ich wieder diese Stimme: „Gib mir von der roten Erde!"

Nein, ich hatte mich nicht getäuscht. Es war tatsächlich Belle, die zu mir sprach. Welch eine einmalige Pflanze hatte ich da mit nach Hause gebracht!

Am nächsten Tag eilte ich ein weiteres Mal während der Mittagspause in die Gärtnerei und fragte: „Kennen Sie eine rote Erde, die Blumen besonders mögen? Es gibt sie an manchen Waldrändern."

Der Gärtner erklärte: „Ich kenne zwar diese rote Erde, von der Sie sprechen. Aber ich kann mir nicht vorstellen, dass Blumen sie besonders lieben. Im Gegenteil. Sie ist minderwertig; kaum eine Pflanze kann in ihr gedeihen. Geben Sie Ihrer Blume lieber etwas Dünger. Damit können Sie nichts falsch machen."

Also kaufte ich ein Säckchen Dünger und freute mich auf den Abend. Ich würde meiner Belle etwas geben können, was sie sonst niemals bekommen hätte! Abends mischte ich behutsam den Dünger unter Belles Erde.

„So, meine Schöne, das wird dir gefallen!" Ich setzte mich wieder ihr gegenüber und wartete gespannt auf ihre Reaktion. Bestimmt würde sie glücklich sein und sich mit einem besonders leuchtenden Farbenspiel bei mir bedanken.

„Gib mir bitte etwas rote Erde!"

Ihr blasses Rot wechselte langsam zu einem kraftlosen Gelb.

Ich war enttäuscht. Wenn sie nur wüsste, dass diese rote Erde minderwertig ist! Warum verstand sie nicht, dass ihr der Dünger viel besser bekam? Ich gab ihr etwas Wasser. Daraufhin war sie still.

Am nächsten Abend sahen Belles Blütenblätter krank und verblichen aus.

Ihre Stimme war kaum hörbar. „Gib mir bitte etwas rote Erde!" Verzweifelt gab ich ihr etwas Wasser.

„Bitte", sagte sie leise.

Ratlos betrachtete ich meine Blume, die mich ermattet anzublicken schien.

Schließlich legte ich mich ins Bett. Doch ich konnte nicht schlafen. Unentwegt machte ich mir Sorgen um meine einstmals so schöne Belle. Endlich fasste ich einen Entschluss: Morgen war Samstag, und ich musste nicht arbeiten. Ich würde zum Waldrand gehen und rote Erde holen, um Belles Wunsch zu erfüllen.

Am nächsten Morgen stand ich früh auf und sah nach meiner Blume.

Sie leuchtete nicht mehr. Sie sprach nicht mehr.

Ich hetzte zu der Stelle, an der ich sie gefunden hatte, und füllte zwei Plastiktüten mit roter Erde. Dann eilte ich wieder nach Hause. Mit zitternden Fingern wechselte ich Belles Erde aus. Nach bangen Minuten des Wartens sah ich, wie ihre Blütenblätter sich schwach rot färbten. Allmählich leuchteten sie kräftiger.

„Ich danke dir!", hörte ich plötzlich ihre Stimme. Das Rot wechselte zu Orange, dann zu Gelb. Es wurde blasser und blasser. Es war zu spät.

Die ganze Zeit über hatte ich Belles Worte gehört.

Aber verstanden hatte ich sie nicht. Dabei war ihr Wunsch ganz einfach zu erfüllen gewesen. Doch ich hatte geglaubt, besser zu wissen, was gut für sie sei.

Niemals mehr würde Belle ihre Farben für mich wechseln, niemals mehr eine Bitte an mich richten.

Der Videorecorder

M uhum?", hob Hans-Peter bei einem der fast täglichen Spaziergänge an, die er mit Mutter Rieke durch die Graften unternahm.

„Was gibt's, Hans-Peter? Raus mit der Sprache…", fragte Rieke lachend. Rieke war so unverschämt jung, dass entgegenkommende Spaziergänger sie eher für die große Schwester von Hans-Peter halten konnten denn für seine Mutter. Mit den Fingerspitzen stippste sie ihn übermütig in die Seite und knispelte in seinen Jugendspeck hinein, bis Hans-Peter kreischte und ihr einen flüchtigen Puff auf den Arm gab. Rieke setzte ihren fragenden Blick auf, in dem sie die Stirn ein wenig in Falten schlug und die Augen leicht schloss.

„Könnten wir nicht einen Videorecorder haben? Timos Mutter hat auch gerade einen gekauft. Fast alle haben einen", setzte Hans-Peter nach, mit der rechten Fußspitze ein leeres Schneckengehäuse wegschubsend, so dass der trockene Sand in Wölkchen hochstob. Danach sah er vorsichtig zur Seite, in Mutter Rieke's Gesicht.

Hans-Peters Herz klopfte zum Zerspringen laut, weil seine Mutter diesen ihm bekannten, finster erstarrenden Gesichtsausdruck bekam wenn es um Dinge ging, die eine Neuerung in ihr Leben bringen sollte. Eine technische Neuerung vor allem! Damit hatte sie überhaupt nichts am Hut und Hans-Peter hatte mit seinen zwölf Jahren alle Hände voll zu tun, seine Mum, wie er sie nannte, zu „modernisieren" – „zivilisieren".

Ohne ihn, dachte er beiläufig belustigt, würde Mum sich aller Wahrscheinlichkeit nach mit einem ausgefransten Stock die Zähne putzen und mit einem Lendenschurz herumlaufen. Sonst war sie knorke ohne Ende, aber konservativ und altmodisch bis ins hinterletzte Atom.

„Du weißt genau, was ich von solchen Dingen halte", hob Rieke zur Antwort an und man konnte unschwer übersehen, dass es hinter ihrer hübschen Stirn fieberhaft arbeitete. „Wir haben einen Fernseher. Reicht das nicht? Du kannst dir doch die Filme, welche dich interessieren, im Fernsehen anschauen, oder nicht?" Riekes linkes Oberlid tickte nervös; ihr Lächeln war Sorgenfalten auf der Stirn gewichen.

Rieke besaß ein gewichtiges Maß an Besorgtheit um die Zukunft von Hans-Peter und wenn man sich in der Stadt umsah, Zeitung las oder eben halt Fernsehen sah, gab es eine gewisse Berechtigung dazu. Zudem war Rieke alleinerziehend und fühlte sich aus diesem Grunde doppelt verantwortlich. Sie pulte ihr rosafarbenes Taschentuch aus dem linken Ärmel und schnäuzte kräftig aus.

„Die guten Filme könnte ich mir aufnehmen und immer wieder ansehen...", weiter kam Hans-Peter nicht.

„Ich will solche Gerätschaften nicht im Haus haben und Schluss jetzt damit!", schimpfte Rieke, etwas lauter werdend.

„Na gut, dann eben nicht", antwortete Hans-Peter, wie es schien, schon abgelenkt durch mehrere Zitronenfalter, die genau in diesem Moment den kleinen Feldweg kreuzten, um sich in den wilden Jasmin zu stürzen. Sie liefen eine Weile schweigend den Feldweg bis nach oben zum Kanal, und auch von dort, schweigend, jeder seinen Gedanken nachhängend, Richtung Hängeweidensee. Eine Entenmutter schnatterte mit sechs oder sieben Jungen am Ufer herum. Offensichtlich hatte der Nachwuchs Schwierigkeiten mit der Badeordnung. Mutter Ente´s Geschnatter nach zu urteilen.

Zuhause bereitete Rieke das Abendbrot, deckte in der Stube den Tisch. Hans-Peter brachte noch schnell den Müll zum Container. Nach dem Abendbrot gingen sie zum gemütlichen Teil über und beide nahmen ihren Platz auf dem Sofa ein. Rieke lag ausgestreckt auf dem langen Sofa und Hans-Peter lümmelte sich auf dem kleinen. Aus Sparsamkeitsgründen besaß Rieke keine Fernsehzeitung. Warum auch? Im Anschluss an die Nachrichten zappten beide die Programme durch. Heute blieben sie auf Super-Rtl hängen. „Steiners-Theater-Stadl" lief.

„Könnte so was wie Ohnsorg-Theater sein", meinte Rieke in Hans-Peters Richtung. „Lass uns das mal anschauen. Was meinst du?"… Hans-Peter gab als Antwort einen herzhaften Lacher von sich und auch Rieke musste ihr Zwerchfell in den nächsten eineinhalb Stunden auf das Heftigste massieren. So was Komisches… Zum Piepen komisch…echt.

„Theaterstadl würde ich gerne öfter anschauen", sagte Rieke zu Hans-Peter und wischte sich die Lachtränen aus den Augen. „Mannomann, so was habe ich ja noch nie gesehen."

Von Hans-Peter erntete sie nur einen undefinierbaren Blick. Sei´s drum.

Zwei Wochen später kam Hans-Peter mit einer Video-Kassette nach Hause. Guns ´N Roses oder so ähnlich. Hätte er geschenkt bekommen. Von Timo. Das Musikvideo wäre ein absolutes Einzelstück (und dieses „Absolute" betonte er nachdrücklich, in dem er die Augen verdrehte und die Hände wie zum Gebet faltete); Sonderanfertigung – sozusagen.

„Was willst du damit, wir haben doch gar keinen Videorecorder?", fragte Mutter Rieke verstört ihren Filius.

„Kann ich ja bei Timo sehen", war seine kurze und knappe Antwort. Weitere zwei Wochen später kaufte er sich vom Taschengeld ein Video von „Werner" – Beinhart. („Soll echt lustig sein, Mum"). Was immer das heißen sollte. Die Antwort ließ nicht lange auf sich warten. Bei einem gemeinsamen Freund von Rieke und Hans-Peter, zum Geburtstag eingeladen, wurde „Beinhart" geschaut und wieder kullerte sich Rieke, und nicht nur Rieke, auch Hans-Peter sah den Film heute zum ersten Mal, vor Lachen. Lachte so laut und herzhaft, dass es kein Ende zu nehmen schien.

„Schade, dass so etwas nicht öfter im Fernsehen gezeigt wird", dachte Rieke seufzend und freute sich schon wieder auf den nächsten Theaterstadl. Also, wegen IHR konnte das ewig so gehen. Ein tiefer Seufzer entrang sich ihrer Brust.

„Ausnahmsweise kaufe ich heute eine Fernsehzeitung", dachte Rieke sich bei einem ihrer sorgfältig geplanten Einkäufe.

„Hier, sechzig Cent für zwei Wochen. Das sitzt drin", dachte sie und schlug, wie beiläufig, den Samstag auf und die Seite, auf der Super-Rtl zu finden war. „Mal schauen, was diese Woche für ein „Steiners" kommt… Schade dass… aber no jo chen."

Der Samstagabend mit Hans-Peter vor dem Fernseher war für Rieke zu etwas Besonderem geworden; einem Ereignis, dem sie entgegenfieberte. Innerlich bedauernd, dass diese Momente sich nicht öfter hervorzaubern ließen.

„Wo bleibt Hans-Peter nur?", rätselte Rieke an einem verregneten Abend vier Wochen später, aus dem Fenster schauend, die Nase platt an die Scheibe gedrückt. Öffnen konnte sie das Fenster nicht, denn es goss erbärmlich aus allen Kübeln. Vor lauter Regen und regendunklem Himmel konnte Rieke nur Konturen von Häusern und Bäumen wahrnehmen, aber auch eine vorbeiflitzende, eigentlich vorbeispritzende, Person, als es auch schon klingelte. Patschnass und freudestrahlend hielt Hans-Peter Mutter Rieke eine Plastiktüte unter die Nase.

„Für dich! Von Timo!", sagte er mit breitem Grinsen im Gesicht. Hervor kam eine Videokassette mit, und nun halten Sie sich fest, der Aufzeichnung einer Folge von Steiners-Theater-Stadl.

„Das ist total lieb von euch beiden, nur – was soll ich damit? Wir haben doch gar keinen Videorecorder?"

„Kannste doch bei Henning mal sehen, wenn wir da wieder hinkommen", meinte Timo, mit irgendwie traurigem Gesichtsausdruck.

„Mhm, mhm", antwortete Rieke nickend.

„Weißt du was, Hans-Peter? Ich glaube, wir sollten uns einen eigenen Videorecorder kaufen."

„Oh Mum, du bist doch die allerbeste Mum auf der ganzen Welt! Eine tolle Idee von dir. Darauf wäre ich nie gekommen…", rief Hans-Peter jubilierend aus und nahm seine Mum ganz fest in den Arm.